「気持ち、よすぎて……おかしくなる……っ」

　切れ切れの吐息でそう告げると、黒川はニヤリと不敵に笑う。

「だったら、もっとおかしくしてやるよ」

　黒川は、感じる場所を抉りながら最奥を突いてくる。

激しい突き上げに、シーツの上をずり上がっていく体を
黒川の背中に爪を立てて引き止めた。

束縛トラップ

藤崎　都

13890

角川ルビー文庫

CONTENTS

u・c・t・i・o・n・・・

文倉奈津生
はせくらなつき
28歳。
繁華街の外れにある小さなバーのバーテンダー。優しく穏やかな容姿をしているが、内面は頑固で気が強い。自分を拾ってくれたオーナーに恩を感じているのだが…。
黒川龍二
くろかわりゅうじ
27歳。
水商売系の店の経営や、ヤクザ紛いの仕事をしている。眼光が鋭く、野性味のある風貌。昔の奈津生を知っているようだが…?

Introd

篠原冬弥
しのはらとうや

大学2年生。綺麗で身勝手に見えるが、実は寂しがりや。色々あって今までは特定の相手を作らなかった。『挑発トラップ』『快感トラップ』の主人公。

芹沢一志
せりざわかずし

28歳。
個人事務所を立ち上げたばかりの若手弁護士。
他人に対して容赦ない面も持ち合わせているが…。
『挑発トラップ』『快感トラップ』では、冬弥の恋人。

口絵・本文イラスト／蓮川　愛

緊縛トラップ

Kinbaku Trap

1

「出て行って下さい」

静まり返った店内に、僕——文倉奈津生《はせくらなつき》の声が響《ひび》き渡《わた》った。するとすぐ、小競《ぜ》り合いをしていた片割れの男が、怒《いか》りの鉾先《ほこさき》を僕に変えてくる。

「……てンめぇ、何云《い》ってやがるんだコラァ！」

チンピラ風情《ふぜい》の外見そのままの、お決まりの文句に、僕はまたかと思ってこっそりとため息をついた。

このところ、何故《なぜ》かこういう柄《がら》の悪い客が多い。繁華街《はんかがい》から外れた人通りの少ない地味な立地にある小さなバーなため、こういったタイプの客が現れることはいままで滅多《めった》になかったというのに。

「騒《さわ》ぎは困ります。他《ほか》のお客様のご迷惑《めいわく》になりますので、早々にお引き取り下さい」

冷ややかな視線を向けながら淡々《たんたん》と告げると、男は薄暗《うすぐら》い店内でもそれとわかるほど怒りに顔を赤くし、僕の胸元《むなもと》を摑《つか》み上げてきた。

「何だその目はぁ！」

構える間もなく拳《こぶし》を振《ふ》りかぶられ、僕は咄嗟《とっさ》に目を瞑《つぶ》る。大抵《たいてい》は『警察を呼んだ』と云うと、難癖《なんくせ》をつけながらも出ていくのに、今回はそれを告げる暇《ひま》もなかった。

「………？」

だが、いつまで経《た》っても覚悟《かくご》していた痛みは訪《おとず》れない。代わりに少しすると、苦しげな呻《うめ》き声と、呆《あき》れたような声が聞こえてきた。

「く…っ！」

「おい。あんたの相手は俺だろう？」

何が起こったんだ……？

耳に残る低い声に、閉じていた瞳《ひとみ》を開けると、僕の胸を締《し》め上げていた男の手が、横から伸《の》びた誰《だれ》かの手に摑まれていた。

「……え……？」

間に入ってきた手の主は、小競り合いをしていたもう一方の男だった。

信じられないほどの威圧《いあつ》感と、目を逸《そ》らすことのできないくらいの存在感。

切れ上がった眉《まゆ》、瞳の奥に覗《のぞ》く肉食獣《にくしょくじゅう》を思わせる鋭《するど》い視線。硬質《こうしつ》そうな漆黒《しっこく》の髪《かみ》は後ろに流すようにセットされ、野性的な風貌《ふうぼう》を更《さら》に際立《きわだ》たせている。

見慣れない…いや、この店では見たことのない男だ。ただパッと見でも、隣《となり》にいるチンピラ風情の男とは、明らかに格が違《ちが》うのがわかった。

「あんたが売ってきたケンカだろう。責任持って、最後まで全うしてもらいたいもんだな？」

ニヤリと笑って告げられた言葉は、溢《あふ》れるほどの自信に満ちている。

「っ…てめぇ…」

「どうする？　いまならキャンセルしてやってもいいんだぜ？」

見た目よりもずっと強い力で掴まれているのか、強がる言葉とはうらはらに、僕の襟元《えりもと》を掴んでいた手からは、次第《しだい》に力が抜《ぬ》け落ち始めた。

「それとも──本当の狙《ねら》いは『こっち』だった、ってわけか？」

「ぐあぁぁあっ」

握《にぎ》り込まれた男の手首が、ミシリと音を立て、痛みに正直な絶叫《ぜっきょう》が店内にこだまする。

次の瞬間《しゅんかん》、チンピラ風情の男は、飛び退《すさ》るようにしてその男と距離《きょり》を取った。

「…くそっ、覚えてろよ！」

そして、いまどきまだ口にするやつがいるのかと思うほど使い古された捨て台詞《ぜりふ》を残し、店から逃《に》げ出して行ったのだった。

「………」

「──呆れたやつだな。そんな細っこい体で騒ぎに首突《つ》っ込んでくるなんて、勇気があるんだか無謀《むぼう》なんだか」

男は僕のほうに視線を向けると、髪を片手でかき上げ、唇《くちびる》の端《はし》を上げて薄い笑《え》みを浮《う》かべる。

騒ぎの元凶《げんきょう》が、自分のことを棚《たな》に上げて何を云っているんだ。

「先程《さきほど》も申し上げました通り、他のお客様のご迷惑になります。このところ、あなた方のような方々が増えていて困っているんです。出て行ってもらえませんか？」

いつもはもっと穏便《おんびん》に話をつけるはずの僕が、今日は言葉を止めることができない。目の前の男の挑発《ちょうはつ》的な態度に触発《しょくはつ》されているのだろうか…？

「な、奈津生さん…っ、下手なこと云わないほうがいいよ」

近くの席で呑《の》んでいた常連客が、不安そうな声で僕を諫《いさ》めたけれど、もう云ってしまった言葉は戻《もど》せない。

今日はオーナーも留守にしているし、店を守るためにも、ここで怯《ひる》んではダメだと睨《にら》む瞳に力を込めたけれど、男はただ僕の顔を凝視《ぎょうし》しているだけだった。

「なつき……？」

呟《つぶや》きと共に、それまで興味本位でしかなかった視線が、突然真剣《とつぜんしんけん》なものに変化した。

突き刺《さ》すようにして、まっすぐに向けられたそれに、僕の心臓は何故かドキリと大きく跳《は》ねる。

な…何なんだ、いったい……。

「な…なんですか……？」

急に落ち着かなくなった胸の内に困惑《こんわく》しつつも、動揺《どうよう》を押し隠《かく》し、表情を取り繕《つくろ》う。居心地《いごこち》の悪さに問いかけると、男は幽霊《ゆうれい》でも見たかのような表情で反対に訊《たず》ねてきた。

「お前……支倉奈津生か…？」

「え…？」

何で、この男が僕の名前を知ってるんだ⁉　もしかして、以前に店から叩《たた》き出した客の仲間か何かだろうか…？

逆恨《さかうら》みに思って、僕の素性《すじょう》を調べたのかもしれない。

「だ…だったら、何だって云うんですか？」

「……いや。──それより、そうやって無謀な真似《まね》ばかりしていると、悪い男につけ込まれるぞ？」

「あなたに心配される謂《いわ》れはありません」

「そんな日本人形みたいな顔をして強情《ごうじょう》だな。どこにも傷なんてついてないだろうな？」

顎《あご》を摑んで持ち上げ、検分される。その失礼極《きわ》まりない行為《こうい》に、ますます頭に血が上り、考えるよりも先に手が出てしまった。

「やめて下さい！」

「──っ‼」

ピシリと乾《かわ》いた音が辺りに響く。どうせ殴《なぐ》るなら拳にしておけばよかった。こんな失礼なやつに手加減なんか必要ないのに。

「やっぱり、気が強いな。俺を殴るとは随分《ずいぶん》と度胸がある」

男は目を一瞬見開いて、感心したように僕の顔をまじまじと見つめる。

「……僕はこの店を預かるものとして、責任を果たしたまでです」

声が震《ふる》えてしまわないように毅然《きぜん》と返しながらも、脈は激しくなっていくばかり。

だけど、何をしでかすかとハラハラしながらも、侮辱《ぶじょく》の言葉を笑って聞き流せるほどの心の余裕《よゆう》を、いまの僕は持ち合わせていなかった。

ところが、そんな僕の懸念《けねん》を他所《よそ》に、男は突然腹を抱《かか》えて笑い出したのだ。

僕も周囲も呆然《ぼうぜん》とする中、男はひとしきり笑ったあとおもむろに告げた。

「その気の強さに免《めん》じて、今日は黙《だま》って帰ってやろう」

「え……？」

「俺の名前は黒川龍二《くろかわりゅうじ》だ」

「は？」

そう云って、男はジャケットのポケットから万札を抜き、テーブルへ置いた。

「お代はけっこうです」

「そうはいかない。今日は楽しく酒を呑ませてもらったからな」

「……かしこまりました、少々お待ち下さい。ただいま、お釣《つ》りをご用意いたします」

本当は、こんなやつから一銭も受け取りたくはなかった。ここで余計な金を受け取ってしまったら、あとでどんな文句をつけられるかわからないからだ。

とはいえ他《ほか》の客の手前、ここで押し問答をしているわけにもいかないと判断し、僕は仕方なく注文を受けた分の金額だけは受け取ることにしたのだが……。

「釣りはいらない。迷惑料だと思っておけ」

「そういうわけにはいきません」

「――じゃあ、代わりのものをもらっておこうか」

「代わりのもの…？」

眉をひそめて聞き返すと、黒川は後ろで結《ゆ》った僕の長い髪をくっと引っ張り、そうして上向かせた唇に――キスしてきたのだ。

「ん…っ!?」

ぬるりと入り込んできた舌は、傍若無人《ぼうじゃくぶじん》に僕の口腔《こうこう》を掻《か》き回し、官能を奮い立たせていく。

一瞬の後、慌《あわ》てて抵抗《ていこう》を試みてみるけれど、どう足掻《あが》いても掴《つか》まれた腕《うで》を振《ふ》り解《ほど》くことができない。

その上、望んでもいないキスだというのに、突然のことに男の技巧《ぎこう》に嫌悪《けんお》を感じている暇もなく、体の奥がざわめき始めてしまい、更に僕の焦《あせ》りが増していく。

「ん…んん……っ」

流されてしまいそうになる意識を必死で食い止め、力を振り絞《しぼ》って突き飛ばそうと身構えた途端《とたん》、黒川は素早く僕から離《はな》れていった。

「――美味《うま》かった」

「…っ」

投げられたその言葉に、僕は咄嗟《とっさ》に返す言葉を見つけられなくて。我に返りふざけるなと怒《ど》鳴《な》りつけようとしたときには、黒川はすでに店の外へと出た後だった。

悔《くや》しさに拳《こぶし》を握りしめたけれど、怒《いか》りのやり場はすでになく、僕はただ黒川が出ていったドアを睨みつけることしかできなかったのだ……。

2

……本当に昨日は災難だった。

けど、いつまでもあの気分の悪さを引き摺《ず》っていても仕方ない。

年に何度かはああいったツイてない日があるものだと自分に云《い》い聞かせながら、僕は店のドアに鍵《かぎ》を差し込んだ。

「……あれ？」

鍵が開いてる。

確か今日、オーナーは遅番《おそばん》だったはずじゃ……？

この店の従業員は経営者である坂下《さかした》さんと僕の二人きりだ。小さなバーということもあるけれど、このご時世、例に漏《も》れずの経営難で、これ以上人件費をかけられないのが実情だったりする。

あまり給料もいいとは云えず、バーテンの腕を買ってくれた他店から引き抜《ぬ》きの話もありはしたけれど、僕はこの店が好きだったし、世話になってきたオーナーへ恩を返したい気持ちもあって、ここで働き続けていた。

「オーナー？　もう来てらっしゃるんですか？」

鍵をポケットにしまいながら、普段《ふだん》と変わらぬ動作でドアを開けた僕は、中にいた人物に我が目を疑った。

「思ったより来るのが早かったな」

そこには昨晩、自分に無礼を働いた黒川と、そいつにつき従うように一人の男が立っていたのだ。

どうして、こいつがこんなところに…⁉

まさか、昨日のことでクレームをつけにきたのだろうか？

いや、だったら何故《なぜ》店内にいるんだろう？　オーナーが招き入れたとしても、肝心《かんじん》のオーナーの姿は見当たらないし…。

「何であなたがここにいるんですか？　不法侵入《しんにゅう》で警察を呼びますよ」

「そう熱《いき》り立つな」

どうして、僕がこの男に宥《なだ》められなければならないんだ。バカにされているとしか思えない。

口で云ってもわからないならと、携帯《けいたい》電話を取り出した僕に、黒川はくっと笑う。

「無駄《むだ》なことはやめておけ。この店の権利は、今日から俺にあるんだからな」

「な…何を云ってるんですか⁉　笑えない冗談《じょうだん》はやめて下さい！」

「冗談ではありません。今朝、契約《けいやく》を取り交《か》わしましたので、現在この店は土地ごと黒川の名義になっています」

それまで黙って黒川の傍《かたわ》らにいた男が口を開いた。そして、手にしていた封筒《ふうとう》から書類のようなものを取り出し、証拠《しょうこ》として突《つ》きつけてくる。

「……そんな……」

「あなたが信じようと信じまいと、これは事実ですよ」

「古城《こじょう》、そう追《つ》い詰めるな。──ああ、紹介《しょうかい》しておこう。こいつは古城。俺の部下で右腕のような男だ。お前も俺の下《もと》で働いてもらうからそのつもりでいろ」

何を云っているんだ…この男は…？

不遜《ふそん》な態度で命じられ、あまりの理不尽《りふじん》さに怒りが込み上げてくる。

「誰《だれ》があなたなんかに従うと…っ」

「お前の意思は関係ない。事情はその手紙に書いてある。……読んだら上に来い」

そう云って、黒川は僕に白い封筒を手渡《てわた》すと、経緯《いきさつ》を問い詰めさせる間も与《あた》えず店の上にある事務所へと上《あ》がって行ってしまった。

すると、後を継ぐようにして、古城と紹介された男が僕に話しかけてくる。

「説明不足で申し訳ありません。ですが、それを読まれれば少しは事情が理解できるかと。まあ、納得《なっとく》がいくかどうかは保証できませんが」

「……！」

「私はあなたが黒川の許《もと》へ向かわれるのを見届けた後、社に戻《もど》りますので、早くしていただけるとありがたいのですが」

微笑《ほほえ》みながら発された事務的な言葉に、苛立《いらだ》ちを覚えた。だけど、そんなものを気にするのも悔しくて、僕は古城の言葉に耳を貸さないことに決める。

こんなやつらが云うことなんて、信じられない。でも、封筒に書かれている『支倉奈津生様』という宛名《あてな》は、オーナーの筆跡《ひっせき》であることは間違《まちが》いなく、僕はひとまずそれに目を通すことにした。

『支倉奈津生様

話はすでに聞いていると思うが、今日この店の権利を黒川氏に全《すべ》て譲《ゆず》り渡した。

この店をそのまま残すには、これしか方法がないと判断し、決断に踏《ふ》みきった。黒川氏は、君が店に残ってくれるなら、いままで通り営業を続けてくれると約束してくれたので、詳《くわ》しくは氏から聞いて欲しい。

今回のことは突然《とつぜん》で、本当にすまないと思っている。直接話すことができないのは本当に残念だが、あとのことはどうかよろしく頼《たの》む。

坂下』

短い文面に目を通したあと、僕は信じられない気持ちでいっぱいになった。

何故、オーナーが……？

聡明《そうめい》な彼があんな質《たち》の悪い男に、大事にしていたこの店を進んで譲り渡すなんて到底《とうてい》考えられない。騙《だま》されているのか、それとも脅《おど》されたのか。何にせよ、この手紙からその真意を量り知ることはできなかった。

「……っ」

当然のごとく納得がいかなかった僕は、古城に言葉もかけず、事務所兼《けん》オーナーの住まいとなっている二階へと足を向けた。

「失礼します」

事務所に入ると、事務机にもたれかかる黒川の姿があった。だが、その周囲にあるはずのオーナーの私物が見当たらない…。

「現状を理解したか？」

「どういうつもりなんですか？　これは昨日の仕返しですか？」

たったそれだけのための割には事が大がかりすぎるけれども、こういう人間は金銭感覚が一般人《いっぱんじん》と違うのかもしれない。

「仕返し？　俺はただ、お前とこの店が気に入っただけだ」

黒川はせせら笑いながら、そう云う。

気に入った？　だから、この店を買い上げたというのか？

「――俺はお前ごと、この店を買った。だから今日からお前は俺のものだ」

高飛車に宣言され、腕《うで》を引かれて抱《だ》き込まれる。僕の咄嗟の抵抗《ていこう》も、圧倒《あっとう》的な力の差の前では無力に等しかった。

「放せ！　僕に気安く触《さわ》るな……！」

「この店の代金を、お前が肩《かた》代わりできると云うなら、やめてやってもいい」

「……代金？」

思わず動きを止め、おうむ返しに聞くと、黒川は僕を拘束《こうそく》していた腕を解《ほど》いた。

「ここの経営状態が最悪だったことくらい、おまえも知っているだろう？　ここの借金は、もう取り返しがつかないくらいの負債《ふさい》になっていたんだよ。あの爺《じい》さんは俺の支払《しはら》った金で借金を返したってわけだ」

「う…嘘《うそ》だ……」

そんなこと、手紙では一言も触《ふ》れられてはいなかった。それに確かにこの一年、赤字の月が大半を占《し》めてはいたけれど、オーナーは借金のことなど口にしたことはなかったのに……。

「さすがに借金のことまではお前には云い出せなかったようだが、事実だ。信じられないなら、あとで契約書を見せてやろう」

「……いくらなんですか？」

「三億」

「三億……」

黒川に告げられた金額は、僕の想像を遥《はる》かに越《こ》えた額だった。僕個人で頑張《がんば》ったところで、どうにかなるような桁《けた》ではない。

落胆《らくたん》の思いが、胸を圧迫《あっぱく》する。

「俺はそんな破格の値段で買ってやった上に、この店をいままで通りの形で営業させてやろうって云ってるんだ。ありがたく思え」

「……どうして、そんな……」

一銭の得にもならないようなことを、この男はしようと云《い》うのだろう？

ここは、店を生き甲斐《がい》にしていたオーナーのこだわりがあってこそ、営業が続いていたのだ。負債をなくしたところで、この店で儲《もう》かるとは考えられない。

「云っただろう？　お前とこの店が気に入ったんだ」

「バカにするな！　僕は絶対にあなたの下でなんか働くつもりはない！」

「ふん…」

黒川は鼻で笑うと、再び僕の体へと手を伸《の》ばし、腰《こし》を無理矢理引き寄せた。

「は…なせ…っ」

密着する体を必死で押し返してみるけれど、やはりビクともしてくれない。

「手紙に書いてなかったか？　俺がこの店を譲り受ける条件が」

「条件……？　何のことを云って……？」

云われて、手紙の内容を反芻《はんすう》する。

そうだ。確か『君が店に残ってくれるなら』と、そう書いてあった。だが、そんな一方的な約束に強制力はないはずだ。

そう云おうとした矢先、黒川は口元に笑《え》みを浮《う》かべて先手を打ってきた。

「お前が承諾《しょうだく》しないと云うなら、この話はなかったことになる。そうすれば、またあの爺さんは抱《かか》えきれない借金に苦しむことになり、ここもすぐに差し押さえられるだろう」

「オーナーが……」

「もちろん、逃《に》げ出すことだって可能だ。だが、お前にそれができるのか？」

――恩人を見捨てて安全な場所へ逃げるか、諦《あきら》めて全てを受け入れるか。

突きつけられた現実は、選択肢《せんたくし》など初めからないに等しい無情なものだった。

僕が逃げ出せば、オーナーに負担が全て行くことは間違いない。それがわかっているのに、どうして僕が逃げ出すことなどできるだろう……。

「そんな……そんなこと……」

自分の置かれた状況《じょうきょう》は、そう難しいものじゃない。けれど、頭は現実を理解することを確実に拒《こば》んでいた。これは悪い夢なんだと、思い込んでしまいたい…でも…。

「――口で云ってもわからないなら、体にわからせてやろうか？」

「あ…っ⁉」

次の瞬間《しゅんかん》、僕の体は事務机の上に押し倒《たお》されていた。足は中途半端《ちゅうとはんぱ》に浮き上がり、両手は頭の上でひとまとめにされる。

「何のつもりですか⁉」

「ここまでされておいて、いまさら何のつもりもないだろう。お前はもう、俺のものなんだ――奈津生」

現実を突《つ》きつけるためか、殊更《ことさら》はっきりと発音される僕の名前。逆らうことは許さない――低く重みのある声には、そんな言葉を含《ふく》んでいるかのようだった。

一瞬その声の迫力《はくりょく》に縛《いまし》められ、動きを止めると、僕のシャツを黒川が乱暴に引きちぎった。いくつかのボタンが弾《はじ》け飛び、乾《かわ》いた素肌《すはだ》が晒《さら》される。

「やめろっ！」

同性に裸《はだか》を見られることくらい恥《は》ずかしがることでもないけれど、欲望を露《あら》わにした視線が体を這《は》うのは、決して気持ちのいいものじゃない…。

「思った通り、綺麗《きれい》だな」

肌を撫《な》で回す手つきは躊躇《ちゅうちょ》がなく、触れられた場所がチリチリと疼《うず》いていくことに内心動揺《どうよう》しながらも、僕は歯を食いしばる。

「……っ、何を…考えてるんですか？　僕は、男なんですよ？」

必死になって胸を探《さぐ》る手の平の感触《かんしょく》に耐《た》えながら問いかけると、黒川はそれをまたもや鼻先で笑い飛ばした。

「だからどうした？　こんなところで商売してるんだ、そういう嗜好《しこう》の人間がいることくらい知ってるだろう？」

「……それは……」

云われた通り、仕事中に同性の客に口説かれたことは何度もあるし、別にそういった嗜好に偏見《へんけん》を持つつもりはない。

だが、まさか自分がそちら側へ足を踏《ふ》み入れることがあるなんて——それが強引《ごういん》にだとしても——考えたことなどなかった。

「……ですが…どう見ても、あなたは男が好きなようには見えませんけど？」

纏《まと》う空気が、何人もの女を泣かせてきたと物語っている。悪い男だとわかっていても、それでも女が群がってくる、そんなタイプの男だ。

「まあな。ただヤるだけなら、女のほうが楽でいい。勝手に足を開くしな」

「だったら…！」

それならば、あえて抵抗する男を相手になどしなくてもいいじゃないか。僕を手慰《てなぐさ》みにする必要なんかないはずだろう⁉

僕はこの男の気紛《きまぐ》れを、どうにか思い直させるために食い下がろうとしたのだけど。

「――往生際《ぎわ》が悪いな。云っただろう？　俺はお前が気に入ったんだ」

「あ…っ！」

近づいてきた鋭《するど》い双眸《そうぼう》に身構えると、黒川は背《そむ》けた僕の顎《あご》のラインを舐《な》め上げ、その先にある薄《うす》い耳朶《みみたぶ》を軽く嚙《か》んだ。

「男は初めてか？」

「当たり前……、あ…っ」

くちゅりと耳の中に舌先が差し込まれる。ぞわりと広がった感覚に身震《みぶる》いする僕の耳元で、黒川は潜《ひそ》めた声で囁《ささや》いてきた。

「なら、俺が一から仕込んでやろう。すぐに俺なしではいられない体にしてやる」

「……っ！」

怒《いか》りと羞恥《しゅうち》と、それから……得体の知れない感情が湧《わ》き上がり、体の芯《しん》が熱くなる。

「まずは、男を覚えてもらおうか」

「な……っ、あっ！　くぅ…っ」

下肢《かし》に伸びてきた手が、服の上から僕の中心部に触れてくる。

遠慮《えんりょ》の欠片《かけら》すらない手つきでまだ柔《やわ》らかいそこを撫で回され、大きな手の中に握《にぎ》り込まれると恐怖《きょうふ》に体が竦《すく》んだ。

「や…やめ……っ」

けれど揉《も》みしだかれると、望んでいない刺激《しげき》のはずなのに、そこは正直な反応を見せ、否応《いやおう》なしに覚えのある感覚が引き摺《ず》り出され始める。

そんな自分の体の変化を信じたくなくて、僕は無意識にかぶりを振《ふ》った。

「怖《こわ》いのか？」

「誰《だれ》が……！」

からかうような口調が腹立たしくて、思わず反論してしまう。それは矜持《きょうじ》や理性というよりも、意地のようなものだったかもしれない。

本当は自分を組み敷《し》く男の体も手も、瞳《ひとみ》さえも、怖くて仕方がなかった。

「ふん、覚悟《かくご》を決めたということか？」

「あ……っ⁉」

黒川は手早く僕のベルトを外し、緩《ゆる》めたウエストから内側へと手を差し込んでくる。そして躊躇《ためら》いもせず下着の中へと入り込んできたかと思うと、硬《かた》くなりかけていた僕の欲望を直《じか》に包み込んだ。

変化した形を思い知らせるように、根元から先端《せんたん》までをゆっくりと撫で上げられ、羞恥に体が硬くなる。

「体は正直だな？」

「やっ……、ん……く…っ」

「嫌《いや》ならこんなにならないだろう？」

昂《たかぶ》りを弄《もてあそ》ばれ、言葉でも嬲《なぶ》られる。じわりと潤《うる》んだ先を爪《つめ》の先で引っかかれ、ビクリと腰《こし》が跳《は》ねた。

憎《にく》いはずの男に施《ほどこ》される強制的な行為《こうい》なのに、感じてしまうなんて……。

僕は、自分の体がこんなにも欲望に弱いのだということを初めて知った。

「んっ、いや……やめてくださ……っ」

「嘘《うそ》をつくのはよくないな。ここもこんなに尖《とが》らせてるくせに」

「あッ、んぅ…」

そう云《い》って、黒川は僕の胸の小さな突起《とっき》を見せつけるように舐め上げる。ねっとりとした生温かい感触に、皮膚《ひふ》が粟立《あわだ》った。

硬くしこったそこを舌先で転がされ、吸い上げられると、黒川の手の中の昂りがますます熱を帯び、先走りに濡《ぬ》れていく。

「随分《ずいぶん》と適性があるようだが？」

「ちが…っ、んん…っ！」

かぶりを振って否定しようとした矢先、唇《くちびる》に含まれていた尖りに痛みが走った。舌で弄《いじ》り回されて鋭敏《えいびん》になったそこに、黒川は歯を立てたのだ。

「往生際が悪い。意地なんて、いつまでも張っていられるものでもないだろう？」

「余計な――んく……っ」

反論しようとした口は、簡単に塞《ふさ》がれてしまう。唇の隙間《すきま》から黒川の舌が侵入《しんにゅう》し、まるで別の生き物のように口腔《こうこう》で蠢《うごめ》く。

「ふ……ぅ……っ」

擦《こす》れ合う舌の表面が痺《しび》れ、頭の中がぼやけてくる。いままでしてきたキスは、全て子供騙《だま》しのものでしかなかったと思えるほど、黒川のキスは巧《たく》みだった。

――でも……。違《ちが》う、こんなのが気持ちいいだなんて、嘘だ。

一瞬でもそんなふうに感じてしまった自分が許せなくて、僕は思わずぎゅっと掌《てのひら》を握りしめる。

一矢報《いっしむく》いるならいましかないと、僕は口の中を掻《か》き回す舌に思い切り歯を立てた。

「……っ！」

すると、小さく呻《うめ》き唇を離《はな》した黒川は痛みに顔を歪《ゆが》め、口元を手で覆《おお》う。

その隙に僕は自由になった体を起こし、唾液《だえき》に濡れた唇を手の甲《こう》で拭《ぬぐ》った。

「…はあ、はあ」

荒《あら》い呼吸を繰《く》り返しつつ、僕は逃《に》げ出す隙を見つけるために視線を彷徨《さまよ》わせる。だが、目が合った途端、黒川は予想外にもその表情を、笑《え》みへと変貌《へんぼう》させた。

「……お前のことを甘く見すぎていたようだな」

「い…っ⁉」

突然、体を裏返され、僕は黒川によって両腕《りょううで》を背中できつく捻《ひね》り上げられる。

驚《おどろ》きと痛みのあまりまともに声を出すことすらできずにいると、無理矢理引き下ろされたシャツで捻られた腕を縛《しば》り上げられてしまった。

「躾《しつけ》は初めが肝心《かんじん》だったな。まだ、わかってないようだから思い知らせてやる。逆らわないほうが身のためだとな」

「や……っ⁉」

乱暴に着衣を下げられ、下肢を暴《あば》かれる。上半身を机に押しつけられ、否応なしに腰を黒川へと突《つ》き出すことになった僕は、その無防備な格好に羞恥と恐怖を感じた。

「放…せ…っ」

もがくように腕を動かすと、キツく縛られた腕がシャツに擦れて痛みが僕を襲《おそ》う。

「そうやって、自分の非力さを充分《じゅうぶん》味わっておけばいい」

「つ…っ！」

片方の手で後ろの狭間《はざま》を押し開かれたかと思うと、そこから乾《かわ》いた指先が入り込んでくる。

無理に中へと押し入られ、内壁《ないへき》が引き攣《つ》れた。

「いっ…た……」

内臓がせり上がってくるかのような異物感と未知の行為への不安が、体を強張《こわば》らせる。だが、てきたのだ。

そんな僕の様子など無視して、黒川は狭《せま》い内部で強引《ごういん》に指を動かし、そこを更《さら》に拡《ひろ》げようとし

「狭いな…こんなんじゃ、俺のはくわえられないぜ？」

「ぅく…っ、ん…ぁあ……っ」

拒《こば》むために力を込めると、入り込んだ指の形をリアルに感じてしまい、それが嫌で力を抜《ぬ》くと、もっと奥への侵入を許すことになってしまう。その上、いつの間にか反応しかけていた昂りに指が絡《から》みつき、強引に官能を追い上げようとしてくるのだ。

「ここはもっと欲しいと云ってるようだが？」

「そんなのっ、あ……っあ、あぁ…っ」

増やされた指が内壁を圧迫《あっぱく》する。

だが、前のほうへと鉤状《かぎじょう》に曲げられた指が粘膜《ねんまく》の一部を引っかいたときに訪《おとず》れた感覚に、僕は困惑《こんわく》してしまった。

何なんだ、これ……？

だけど、その疑問に答える声はなく…。

「ひぁ…っ、あ…ぁ……あっ！」

次の瞬間《しゅんかん》、体を走り抜けた明らかな快感に耐《た》えきれず、僕は悲鳴を上げていた。

しこった場所を指先で弄られると、唇から甘い吐息《といき》まで零《こぼ》れてしまう。

「気持ちがよくて仕方ないんだろう？　ずいぶんといやらしい体だな。本当に男相手は初めてなのか？」

「ちが……っ、知らな……こんな……」

そこを刺激されることが快感へ繋《つな》がることは知識では知っていたけれど、こんなふうに乱れてしまう自分自身を、僕はにわかには信じることができなかった。

「だから教えてやってるんだろう？　お前がどんな人間なのか、そして…」

「あ…あ、あっ⁉」

ふいに僕を容赦《ようしゃ》なく追いつめていた指がずるりと抜かれ、その喪失感《そうしつ》に体の中に空洞《くうどう》ができたかのような錯覚《さっかく》に陥《おちい》ってしまう。

「——これからお前が誰のものになるのかを、な」

「——っ‼」

息をつく間もなく僕を襲った引き裂《さ》くような痛みに、声にならない悲鳴が上がる。

それまで黒川の指に犯《おか》されていた場所へとあてがわれた熱いものによって、僕は勢いよく貫《つらぬ》かれたのだ。

指とは比べ物にならない存在感が体内を占領《せんりょう》し、粘膜は男の形に開かれていく。

「…っく、う……」

元々異物を受け入れるようにはできていない狭い器官を、ギリギリまで押し開かれる痛みに、じわりと涙《なみだ》が滲《にじ》んでくる。

「そんなに締《し》めつけるほど、これが欲しかったのか？」

「……っ」

違う！　そんなわけない!!

だけどそう思っても、痛みに耐えて奥歯を噛《か》みしめるのに必死で、言葉など紡《つむ》ぐこともできない。

ぬめりのない内壁を擦り上げるようにして入り込んでくる楔《くさび》は熱く、みっちりと隙間なく繋がり合った場所は、中から焦《こ》がされてしまいそうだった。

「ひぁ……っ！」

奥をぐっと突き上げられ、短い悲鳴が上がる。

「あまりキツくするな。これじゃ、擦ってやれない」

「なっ……、あ……あ……っ」

からかいの言葉を投げながらも、黒川は絶えず腰を動かしてくる。

引き攣れるような痛みと体の内側を擦られ生まれる刺激《しげき》に、僕はもうただ啜《すす》り泣くことしかできなかった。

「……ほら、痛みだけじゃなくなってきたんだろう？」

「あ…あぁ…っ、んん…っ」

しばらくすると黒川の指摘《してき》通り、僕の声が、少しずつ甘さを帯びてきていることに気がついた。

……何で？　乱暴に体を揺《ゆ》すられ、道具のように犯されているというのに――。

「思った以上に、淫乱《いんらん》な体じゃないか」

「んぁ…っ、あ、あー…っ」

抉《えぐ》る角度が変わると、新たな快感がじわりと最奥《さいおう》から生まれ始める。奥深くを突かれ、ぐちゃぐちゃに掻き乱され、僕はなけなしの理性すら奪《うば》い取られそうになった。

もう何もわからない。何も考えたくない。

「奈津生――お前はこれで俺のものだ」

投げつけられた不遜《ふそん》な言葉に怒《いか》りや苛立《いらだ》ちを覚えたけれど、次から次に押し寄せる快感の波に攫《さら》われて――僕の意識は、すぐに霧散《むさん》していったのだった…。

「……っ！」

闇《やみ》に落ちていた意識が、突然覚醒《とつぜんかくせい》した。

反射的に飛び起きた僕は、襲ってきた目眩《めまい》に目元を押さえ、深い息を吐《は》く。

意識を失っていたのか……。

それも無理もない。あんな無茶な行為《こうい》をされたのだ。自分が男に抱《だ》かれることになるなんて、いままで想像もしたことがなかったというのに……。

「…………」

――誰《だれ》か、これが全《すべ》て夢だと云《い》って欲しい。まだ覚めない悪夢なのだと。

けれど鈍《にぶ》い体の痛みが、受け入れがたい現実を確かに裏づけている。

ふと体に視線を落としてみると、着衣は直されており、弾《はじ》け飛んだ部分以外はボタンもかけられていた。

そういえばあの男はどこに行ったのだろう？　この部屋には気配を感じられない。

僕はいつの間にか横たわっていた事務所のソファーから、ゆっくりと体を起こす。

「……そうだ」

オーナーに連絡《れんらく》を取るのなら、いまのうちかもしれない。

人の良《い》いオーナーのことだ。絶対に、あの黒川という男に騙《だま》されているに決まってる。早く黒川の本性《ほんしょう》を告げ、契約《けいやく》を取り消させなければ……。

そう思い、床《ゆか》に落ちていたカバンから慌《あわ》てて携帯《けいたい》を取り出し、オーナーの番号をコールした僕は、聞こえてきた音声にまたもや愕然《がくぜん》としてしまった。

『お客様のおかけになった電話番号は、現在使われておりません――』

「嘘《うそ》…だろ…？」

電話番号を変えたなんて話は、オーナーから聞いていない。なのに、昨日の今日で繋がらなくなるなんて、おかしすぎる…。

「気がついたのか？」

呆然《ぼうぜん》とソファーに座り込んでいると、背後から黒川の声が聞こえてきた。

――全ての元凶《げんきょう》は、この男だ。

僕は体の痛みを堪《こら》えながら立ち上がると、黒川に向かって食ってかかる。

「オーナーをどこへやったんだ!?」

「居場所を聞いてどうする？　お前がされたことを話して、契約を取り消させようってつもりか」

「……っ」

図星を指され言葉に詰《つ》まると、僕の足元へ黒川は何かを投げて寄越《よこ》した。

「教えてやってもいいが、それを見たら気も変わるだろう」

……何だ…？

怪訝《けげん》に思いながら足元に落ちたカードのようなものを拾い上げた僕は、次にそこに写し出されていたものに目を見張った。

「……こん…な…」

「保険をかけさせてもらった。何が云いたいかわかるよな？」

黒川が投げてきたものは、『僕の』写真だった。

手酷《てひど》く抱かれた直後か、白濁《はくだく》を纏《まと》いぐったりと横たわる自分の裸体《らたい》が、そこには余すことなく写し出されている。

「いますぐ見られるのはこれだけだが、まだ他《ほか》にもあるぜ？」

「――――」

「よく考えてみろ。あの善良そうな爺《じい》さんに、男の慰《なぐさ》みものになるのが嫌《いや》だから契約を取り消して下さいなんて、お前が云えるのか？」

嘲笑《あざわら》うような言葉に、全身から血の気が引いていく。逃《に》げ道の全てを塞《ふさ》がれて、残されたのは目の前に開いた奈落《ならく》。

絶望感に、僕は打ちのめされた。

「お前は今日からここに住め。そうだな、近いうちに改装してやろう。欲しいものがあったら先に云っておけ」

だが黒川は、そんな僕の反応などおかまいなしに淡々《たんたん》と告げてくる。

どうして、なぜこんなことになってしまったんだろう…。それに、この男が僕を手に入れようとする理由が全くわからない。

「……何がしたいんですか？」

「僕にはあなたのしたいことが理解できません！　何で、何で僕なんかを……」

「もうお前は俺のものだ。『なんか』なんて云わないでもらおうか？」

「あ？」

――こいつ……っ！

答えようとする意志を全く感じさせない返答に、僕は苛立ちを露《あら》わにした。

「話を逸《そ》らさないで下さい！」

「俺は、俺の好きな場所で好きな酒が呑《の》めて、好きなときに好きに抱ける相手が欲しかっただけだ。――その目的に『ここ』はうってつけだろう」

「な…っ」

つまり、自分の遊び場を作るためだけに、オーナーが大切にしていたこの場所を手に入れたというのか？

だけど、何様のつもりだと叫《さけ》びかけた僕は、視界に飛び込んできた例の写真に、言葉を失った。

オーナー、借金、写真…。僕はこの男に弱みを握《にぎ》られすぎている。歯向かえばそれを盾《たて》に取られ、逃げ出せばきっと相応の報復をされるのだろう……。

あまりの無力さに、僕の心の中にはただ虚《むな》しさだけが広がっていった。

「店は俺が来るときに開いていればいい。それ以外は好きにやれ。給料はいままで以上は払《はら》ってやる。他に質問は？」

「……ありません」

「何だ、急に大人しくなったな」

感情をなくした声で告げると、黒川は驚《おどろ》いた顔を見せた。

別に服従するつもりはない。ただ、いつまでも逆らっていても、事態は何も進展しないと、そう判断しただけのことだ。

「それで、僕はいったいいつまでこんな茶番につき合えばいいのですか？」

すると、黒川は「茶番と来たか」と楽しげに笑った。

「そうだな……俺が飽《あ》きるまで、としか云いようがない」

「わかりました。ただし、これは『取り引き』です。『契約』が切れたあとは僕のことに一切《いっさい》関知しない、写真も全て僕の前で処分する、そう約束していただけますか？」

「いいだろう。それでお前が納得《なっとく》するなら、構わない。だが、俺が飽きなかったらどうする？」

「そんなはずはありません」

こんなふうに気紛《きまぐ》れに自分勝手に動く男なら、僕への興味も直に冷めるだろう。

訪《おとず》れた不運に抗《あらが》ってもどうしようもないときがあることは、僕だってこれまでの経験で嫌というほど身に染《し》みている。

ただ、いまは耐《た》えるしかない。それが受け入れがたい、プライドを踏《ふ》みにじられるような現実だとしても――。

「奈津生」

「…っ」

名前を呼ばれ、思わずビクリと体を震《ふる》わせる。けれど、飛び退《すき》ってしまいそうになるのを必死で我慢《がまん》し、僕は伸《の》びてくる黒川の腕《うで》に大人しく巻き込まれた。

「いい子だな」

満足そうな男の言葉に、僕はギリリと唇《くちびる》を噛《か》みしめた。だが、悔《くや》しさに耐えていることなど当然見てわかっているだろうと思うのに、黒川はその唇へと口づけてくる。

拒《こば》むこともできず、だからといって応《こた》える気にも到底《とうてい》なれない。

ただ、いまはされるがままになるしかない僕の頰《ほお》を、ひとすじ雫《しずく》が伝っていったのだった……。

3

――あれから、二週間。

表向きでは、常連客にはオーナーが引退して経営者が変わったと説明し、人手が減ったことに応じて営業時間を減らし、休業日を不定期にすることになったとしていたけれど――実際のところは、黒川の気紛れによって、閉店時間や休業日が決まるといった日々が続いていた。

マンションの一室のように改装された店舗《てんぽ》の二階に住むようになった僕の元へ、黒川は連日のように通ってくる。

勿論《もちろん》、目的は一つしかない……。あの日から幾度《いくど》、僕はあいつに抱《だ》かれているのだろう？

覚悟《かくご》を決めたとは云《い》え、好きでもない同性に体を開かれることに抵抗《ていこう》がなくなったわけではない。思わず、嫌だ、許してと何度口にしただろう。しかし、そうやって僕が訴《うった》えれば訴えるほど、黒川は容赦《ようしゃ》なく僕を追い詰める。

そうして、僕を思うがままに慰《もてあそ》んだあと、またどこかに行ってしまう……そんな毎日だ。

「何を考えている？」

「…………」

黒川の声に、いまが行為《こうい》の真っ最中だったことを思い出した。我に返るのと同時に、体に燻《くすぶ》る熱と拘束《こうそく》された手首の痛みが蘇《よみがえ》ってくる。

繰《く》り返される、僕の常識では考えられないような行為。男に組み敷《し》かれることに慣れず、その度《たび》に体を襲《おそ》う苦痛。

それだけじゃなく——黒川は、毎回必ず僕の腕を縛《しば》るのだ。そのため、腕や手首には擦《す》れて赤くなった跡《あと》が残っている。

抵抗を奪《うば》うためか、それともそれが黒川の趣味《しゅみ》なのかはわからない。でも、縛ろうが縛るまいが、行為自体が変わるわけではないだろうということだけは僕にもわかった。

「云いたくなければそれでいいが……その様子じゃ、まだ余裕《よゆう》があるみたいだな」

「ゥン…っ！」

ぐっと奥を突《つ》き上げられ、僕の体はびくりと撓《しな》った。

繋《つな》げられた場所は執拗《しつよう》に擦《こす》られ、ヒリつくような痛みを伴《ともな》いジンジンと熱を持っている。初めは苦痛ばかりだったセックスは、気持ちよりも先に体が慣れてきた。

潤滑剤《じゅんかつざい》を塗《ぬ》りたくられて指で中を掻《か》き回されれば、すぐにそれ以上の刺激《しげき》を求めて粘膜《ねんまく》が柔《やわ》らかく蕩《とろ》けていく。

ヒクつく粘膜に昂《たかぶ》りを押し当てられる瞬間《しゅんかん》、恐怖《きょうふ》と嫌悪《けんお》の渦巻《うずま》く感情の中にそのあとに訪れる快感への期待が入り交じっていることに、つい最近気づいてしまった。

体の中にある敏感《びんかん》な場所を擦られることを、この体は快感として覚えてしまったのだ。死んでしまいたくなるような羞恥心《しゅうちしん》は、一向に薄《うす》れることがないというのに……。

「…っあ、あ……っ、ぁあ…ッ」

乱暴に揺《ゆ》さぶられる度に、手首にシルクのネクタイが食い込んでくる。ベッドヘッドに一纏《ひとまと》めにされて縛りつけられているため、血の気が引いていく腕を下ろすこともできない。

でも、今日はまだマシなほうだろうか？　あるときは両足首にそれぞれの手首を縛りつけられるという更《さら》に屈辱《くつじょく》的な格好をさせられたことさえあるのだから。

「はっ……あ、やっ、あ……っ」

たっぷりと垂らされた潤滑剤と一度奥に放たれた黒川の体液が、ぐちゅぐちゅといやらしい音を立てている。

足を深く折りたたまれ、より激しく責め立てられる。ギリギリまで引き抜《ぬ》いた塊《かたまり》を勢いよく押し戻《もど》される快感に僕はひたすら喘《あえ》ぐしかなかった。

「自分でも絡《から》みついてるのがわかるだろう？　本当に男は初めてなのか？」

「なっ……そん…なの、決まっ――ぁあッ」

揶揄《やゆ》に否応《いやおう》もなく意識させられた器官が、きゅっと収縮する。締《し》めつけてしまったせいで、男の形がリアルに伝わってきた。

肉を抉《えぐ》るように切っ先を押し込まれ、一際《ひときわ》高い声が上がった。

「や…っ、あ、ぁあ、もう……っ」

高まる性感に、ガクン、と首を仰《の》け反らせる。無防備に晒《さら》した喉《のど》をねっとりと舐《な》め上げられ、ゾクゾクと皮膚《ひふ》がわなないた。

腰《こし》が揺すられる動きで、僕の昂りも黒川の腹部に擦れる。何度か迎《むか》えさせられた絶頂でぬるぬるになったそれは、再び張り詰《つ》め、些細《ささい》な刺激にも痛いくらい感じてしまうようになっていた。

「も…やっ……やめ……っ」

「やめて欲しい割に気持ちよさそうな顔してるぜ？　自分がどんな顔で抱かれているか、今度鏡で見せてやろうか？」

「……っ⁉」

意地の悪い申し出に、僕は必死にかぶりを振《ふ》る。こういう態度が相手の嗜虐心《しぎゃくしん》を煽《あお》っているのだとわかっていても、理性が霧散《むさん》しているいまはどうしても無関心を装《よそお》うことはできなかった。

「そんな態度を取られると、期待に応《こた》えたくなるな」

薄ら笑いを浮《う》かべる黒川を唇を嚙みしめて睨《にら》みつけるが、それすら黒川を喜ばせることになってしまう。

「そうだ、その目だ。そうやって、まっすぐ俺を見ていろ」

お前を支配しているのが誰《だれ》なのか、その体に刻みつけてやる――。

不遜《ふそん》な台詞《せりふ》と共に、僕を追い上げるピッチが速くなる。抉るように腰を穿《うが》たれ、内臓がせり上がっていくような圧迫感《あっぱく》に呼吸さえままならなくなった。

頭の中を掻き回されているような錯覚《さっかく》を起こすほどに体内をぐちゃぐちゃに突き上げられ、強烈《きょうれつ》な快感と苦痛に目を見張る。

「ひぁ…っ、あ、あっ、あぁあ……っ」

目の前に火花が散ったかと思うと、高みから突き落とされるようにして暴れ狂《くる》う熱が迸《ほとばし》った。

それを追うように体の奥深くで何かが弾《はじ》け、生温かいものが注ぎ込まれる。

「…っん、はっ……」

荒《あら》くなった呼吸を呑《の》み込み、望まぬ交わりに否応なしに高められた体を落ち着けようと努めていた僕の唇がキスで塞《ふさ》がれた。

行為の激しさとは打って変わった優《やさ》しいキス——。

これも、いつものことだ。

そのギャップに釈然《しゃくぜん》としない気持ちはあったけれど、僕は何となく、それを問い質《ただ》せずにいた……。

「……帰ったのか？」

シャワーを浴び、髪《かみ》を拭《ふ》きながら部屋に戻ると、すでに黒川の姿はなかった。

いつもそうだ。僕を抱くだけ抱いて、アルコールを一杯《いっぱい》だけ呑み、そして姿を消す。いくら遅《おそ》い時間だろうが、ここに泊《と》まったことは一度もない。

もしかしたら、本当はこんなところに通ってる暇《ひま》などないのではないだろうか？

詳《くわ》しい仕事内容を聞いてはいないので実際のことはわからないが、黒川はかなり多忙《たぼう》を極《きわ》めているように思える。

いったい、黒川は何者なんだろう？　堅気《かたぎ》の仕事をしていないことだけはわかるけれど、ほとんど会話も交《か》わされず、ただ抱かれるだけの数時間では相手の素性《すじょう》を探《さぐ》るのは難しい。

何か、弱みになるようなことがわかればいいのだが――。

「…考えても仕方ない…か……」

そんなことを気にしても、この現状に変化が訪《おとず》れるわけではないのだから……。

きっと黒川は、手に入れたばかりの目新しいおもちゃに夢中になっているだけにすぎないのだろう。多くのものを盾《たて》に取られて逃《に》げ出すこともできない僕を、更に縛って拘束し、陵辱《りょうじょく》することが良《い》い例だ。

だったら、半年……いや、数ヶ月もすれば、飽《あ》きて違《ちが》うものへ興味を移すに決まっている。

そう期待することだけが、いまの僕の心の支えだった。

ようやく一人になれたことに改めて緊張《きんちょう》を解くと、部屋に電話のコール音が鳴り響《ひび》いた。

こんな時間に誰だろう？

店舗《てんぽ》と同回線のため、仕入れ先からかかってくることはあるけれど、時間が時間なため、それも考えにくい。僕は首を傾《かし》げながら受話器を取り上げた。

もしかして、黒川からだろうか？

「……はい、もしもし？」

『奈津生くんかい？　坂下だが…』

「オーナー…!?」

受話器の向こうから聞こえてきたのは、紛《まぎ》れもなくオーナーである坂下さんの声だった。ずっと聞きたかった優しい声に、思わず僕は瞳《ひとみ》の奥が熱くなる。

『忙《いそが》しいところすまないね。いま、少しいいかい？』

「あ、はい。大丈夫《だいじょうぶ》です」

ああそうか。坂下さんはきっと、僕がこの電話を店で取っていると思っているのだろう。黒川が来たせいで店終《みせじま》いが早かったけど、本来ならまだ営業時間なのだ。

『どうだい？　黒川氏とは上手《うま》くやれているだろうか？』

「……ええ、まあ」

他意のない言葉に、僕は自嘲《じちょう》気味な笑《え》みを浮かべてしまう。

たったいま、その男に抱《だ》かれたばかりだとは、この優しい人にだけは死んでも云《い》えない。

『……本当に色々とすまなかったと思ってる。君にはずっと云い出せなかったが、もうウチの経営状態は火の車だったんだよ』

「それは聞きました…」

『そうか……。私としたことが、銀行に貸し渋《しぶ》られて出してはいけないところに手を出してしまったんだ。いまでもバカだったと後悔《こうかい》しているよ』

苦渋《くじゅう》に満ちた声。どうして、早く彼の苦悩《くのう》に気づくことができなかったのだろうと、僕は歯《は》嚙《が》みする。

「……どうして、僕に相談してくれなかったんですか」

『これ以上、君を煩《わずら》わせたくなかったんだ』

「そんな水臭《みずくさ》いこと、おっしゃらないで下さい！」

数年前、何もかもを失って、自暴自棄《じぼうじき》になっていた僕を拾ってくれたのは坂下さんだった。僕がいまこうしていられるのは彼のお陰《かげ》だ。だからこそ、僕が坂下さんにできることなら、何でもしたいと思うのに。

『ちょっと前から柄《がら》の悪い客がよく来るようになっていただろう？　あれは私が金を借りたところの人間なんだよ』

「それって……」

『ああ。返せない金の代わりに立ち退《の》けという圧力だったんだ』

坂下さんの説明に、僕はやはりという思いを強くした。

なかなか黒字にはならない経営状態だったけれど、土地は坂下さんのものだったのだし、ギャンブルや株とも無関係だった彼にそんなに莫大《ばくだい》な借金ができるとは思えない。

だけどそれも、この土地狙《ねら》いの悪徳な消費者金融《きんゆう》と関《かか》わってしまったというのなら負債《ふさい》の額も納得《なっとく》がいく。資金繰《ぐ》りに八方塞《はっぽうふさ》がりになっていた坂下さんを巧《たく》みに罠《わな》にかけ、そしてこの土地を手に入れようとしたのだろう。

聞けば、バブル崩壊《ほうかい》で止まっていたこの街の再開発計画が見直され、数年後に本格的に立ち上がるかもしれないという噂《うわさ》があるらしい。あくまでいまの段階では噂でしかないようなのだが、安く買い叩《たた》ける土地があるなら手に入れておこうという算段なのだろう。

『正直、もう店を残すことを諦《あきら》めかけていたんだが、そんなとき彼にあの店をまるごと引き受けたいと云われてねえ』

「………」

自己破産をすれば借金から逃《のが》れることはできる。しかし、それは同時にこの店を失うことになるのだ。亡《な》くなった奥さんと立ち上げ、長年やってきた思い入れのある自分の店を潰《つぶ》す覚悟《かくご》がなかなか決まらなかったのだろう。

そんな追い詰められた状況《じょうきょう》の中で、黒川が話を持ちかけてきたのだ。

『相談もなしに悪かった。だが、あのときは飛びつくしかなくて、彼の条件を呑んだんだよ。奈津生くんごと欲しいと云われたときは驚《おどろ》いたが、きっと君の腕《うで》に惚《ほ》れ込んでくれたんだろうね』

坂下さんの言葉に、次第《しだい》にいたたまれない気持ちになっていく。それ以上、聞いていられなくなって僕は話題を変えた。

「……それで、いまはどちらにお住まいなんですか？」

『それは……聞かないでおいて欲しい』

「どうしてですか⁉」

言葉を濁《にご》され、僕は声を荒らげてしまった。居場所を知られたくない理由でもあるのだろうか？

『本当はこの電話もするつもりはなかったんだよ。彼との契約《けいやく》は、君に連絡《れんらく》を一切《いっさい》取らないことも条件の一つだったからね。しかし、君のことが心配になって一度だけと……』

「そんな……！」

『年寄りのわがままで申し訳ないが、店を頼《たの》むよ。こんなことにならなければ、君に譲《ゆず》るつもりでいたんだが、申し訳ない……』

坂下さんの気持ちは痛いほど、よくわかる。だからこそ、僕は何も答えることができなかった。

とりあえず、黒川のほうに落ち度がないか——例えば、詐欺《さぎ》のような手口を働かれていないか——確認《かくにん》することにした。

「あの……店舗や土地の代金はきちんと受け取られたんですか？」

『ああ、とんでもない値段をつけてくれたんだよ。お陰で借金は綺麗《きれい》に返せた。これでもう店に質《たち》の悪い連中が来ることもないだろう』

「————」

黒川の云っていたことは、嘘《うそ》ではなかったらしい。

脅《おど》して安く買い叩き、僕を云い包《くる》めているだけかもしれないという可能性は消え去った。

『多分、彼も君と同じようにあの店を大事に思ってくれてるはずだから。きっと、力になってくれるだろう』

「……っ」

何も知らないからそんなことを云えるんだ……！

坂下さんのその優《やさ》しい声音《こわね》に、僕は思わずそう叫《さけ》んでしまいそうになった。

だけど、何も知らない坂下さんに真実を告げるのは重すぎる。我が子のようにして誰《だれ》よりも大事にしてきた店が残ることをこんなにも喜んでいる彼に、水を差すことなんてできるはずがない。

僕一人が耐《た》えればいい。脅されているのは僕自身なのだから——そう自分に云い聞かせるけれど、込み上げるやりきれない思いに耐えきれず、僕は唇《くちびる》を噛《か》みしめた。

『私のことは心配しなくていい。彼の用意してくれた住まいで、今は暮らさせてもらってるからね』

「え…?」

『それじゃあ、元気で』

黒川には自分から連絡が来たことを黙《だま》っておくよう念を押してから、坂下さんは通話を切った。

「……何なんだよ、いったい……」

事情を知れば知るほど、黒川の考えがわからなくなっていく。

気紛《きまぐ》れで自分の自由になる店が欲しいだけなら、その後何故《なぜ》、坂下さんに住まいを用意するなんてフォローなどをしたのだろう? 自分に利益をもたらさないものは、容赦《ようしゃ》なく切り捨てるタイプに見えるのに…。

「……わからない」

知り得た事実で更《さら》に深まった謎《なぞ》に頭を痛め、僕はその晩、眠《ねむ》れぬ夜を過ごすはめになったのだった。

4

……頭が痛い。

と云っても考えすぎの結果ではなく、昨夜《ゆうべ》、濡《ぬ》れた髪《かみ》のままクーラーの効いた部屋で長い間考えごとをしていたせいで、厄介《やっかい》な夏風邪《なつかぜ》をひいてしまったようなのだ。

だからといって店を開けないわけにはいかず、薬を飲んでカウンターに立ち、通常の閉店時間までは何とかこなしたけれど、部屋に戻《もど》って気が緩《ゆる》んだ瞬間《しゅんかん》、どっと寒気が襲《おそ》ってきた。

「まずいよな……」

多分、もうそろそろ黒川が来てしまう。

どうせ、自己管理の甘さを指摘《してき》されるに決まっているのだ。あの男に、弱っている姿を見せたくはない。だけど、そんな気持ちに反して、体調はどんどん悪くなっていくばかり。

「…気持ち悪い……」

座っていることに耐えられず、諦めてベッドに横になると、今度は吐《は》き気まで込み上げてきた。

次第に熱も上がっているのか、寒気と暑苦しさが、言葉にできないほどの不快感となって僕を襲う。

誰にも頼《たよ》ることなんかできないし、頼れる人もいない。そんなのいつもと同じことだ。ただ、過ぎていくのを待つだけ。

いっそ、このまま眠ってしまえたらいいのに……。

「——おい、どうした？」

「……っ」

突如《とつじょ》、聞こえてきた声にはっとする。ぼんやりとしていたせいで、黒川が来たことに気づかなかったらしい。

「すいません、少しうとうとして……」

具合の悪さを勘《かん》づかれないように体を起こすと、急に激しい目眩《めまい》が僕を襲い、グラリと視界が揺《ゆ》れた。

——ダメだ…。

バランスを崩《くず》した体を支えきれず、ベッドから転げ落ちるのを覚悟した瞬間…。

「あ…っ⁉」

ふいに伸《の》びた黒川の手が、僕の体を支えたのだ。

「……お前…熱があるのか？」

体に触《ふ》れられてしまっては、取り繕《つくろ》う意味がない。それに、そもそも黒川は僕を抱《だ》きに来ているのだ。熱のあることを知られずにすむわけがない……。

「……す、すみません…」

「具合が悪いのに、何をしてるんだ！」

え……？

そう云《い》うと、黒川は僕をベッドの中に無理矢理押し込み、額に手を触れてくる。

ひやりとした手の平は気持ちが良く、僕はその優しい感触《かんしょく》にほっとして目を閉じた。

「相当熱いな。熱は測ったのか？」

「い、いいえ」

「薬は？」

「市販薬《しはんやく》なら、店を開ける前に一度飲みましたけど……」

「店を開けるなんて、お前はバカか!?」

いきなり黒川に怒鳴《どな》りつけられ、僕は驚《おどろ》きを表情に露《あら》わにしてしまう。

「……え……」

柄《がら》の悪い男に絡《から》まれていたときも、僕が逆らったときも、こんな険しい顔は見せなかったのに、この男もこんな顔をすることがあるのか。

驚きに言葉を継《つ》ぐことができずに黙《だま》っていると、ふいに額から手が離《はな》れ、黒川は無言のまま部屋を出て行ってしまった。

さすがに呆《あき》れられたのだろう。こんな真夏に風邪をひくなんて、どう考えたってみっともなさすぎる。

……でも、何故だろう？　黒川が触れたところから、少しずつ頭痛が引き始めているような気がする。

他人の感触にほっとすることがあるなんて、思いもしなかった。怒《おこ》っていてもいいから側《そば》にいてくれればよかったのに…。

「って……」

待てよ？　僕はいま、何を考えた？

体調を崩しているせいで、人恋《ひとこい》しくなっているんだろうか？

理解できない自分自身の思考回路に焦《あせ》りつつ、首を傾《かし》げていると、玄関《げんかん》のほうから物音が聞こえてきた。

「え…黒川さん…？」

「何がいいかわからないから、てきとうに買ってきた」

似合わないビニール袋《ぶくろ》を手に戻ってきた黒川を、僕はベッドの中からぽかんと見上げる。すると黒川は、中から大量の薬とビタミン剤《ざい》、栄養ドリンク、それからレトルトの粥《かゆ》やスポーツドリンクを次々と取り出し始めたのだ。

「これ……」

「薬を飲む前に、とりあえず何か腹に入れたほうがいいんだろう？」

……心配してくれているのか？

物言いや行動はいつも通りぶっきらぼうだったが、そこに優《やさ》しさを垣間見《かいまみ》たような気がして、淋《さび》しさを自覚したばかりの僕は少しだけほだされそうになった。

この優しさがたとえ本物だったとしても、きっとこいつの気紛れでしかない。そんなこと充分《じゅうぶん》わかっている。

でも――。

「ほら食えよ。それから薬はこれだ」

「……ありがとうございます…」

上辺だけの気紛れな優しさだったとしても、弱りきった体には温かさとして染《し》み渡《わた》った。

不慣れだと云いながら、実に甲斐甲斐《かいがい》しく世話を焼いてくれる黒川に素直《すなお》に従い、僕はレトルトの粥を口にして、薬を飲む。

「明日は店は休みだ。熱が下がるまで大人しくしてろ。それに、弱った体を抱いても面白《おもしろ》くない」

「……すみません」

「どうして謝る」

「それは……――」

僕はいま、黒川の『相手』として囲われている。それなのに務めが果たせないのだから、それが望まぬ行為《こうい》だったとしても、義務として謝っておくべきだと思ったのだ。

「余計なことは考えなくていい。まだ時間はあるから、眠るまで側にいてやる」

本当に時間があるだけなのか、それとも心配してくれているのかはその表情から読み取ることはできなかったが、黒川は言葉通り側にあった椅子《いす》をベッドの脇《わき》に置くと、そこに腰《こし》かけて長い足を組んだ。

完全に居座る態勢だ。だけど、こんなふうにして、何もせずに一緒《いっしょ》に時間を過ごすなんてことは初めてかもしれない。

いつも逢《あ》うのは夜だけ。それも抱かれるだけで、会話をすることも殆《ほとん》どなかった。

いまなら、少しだけ話も聞けるだろうか？

相変わらずその表情は威圧《いあつ》感に満ちていたが、僕は熱を理由にして、予《かね》ての疑問を口にしてみることにした。

「どうして僕なんですか…？」

「何だ、いまさら」

問いかけると、黒川は小さく笑った。

皮肉も何もないその笑《え》みは、僕が初めて目にするものだった。

「あなたにはお金も力もあるでしょう。あなたの愛人になら、なりたいと思う人間が他《ほか》にもいるはずです。それに、こんな小さな店にこだわってる理由も、僕にはわからない」

それが不思議なのだと告げると、黒川は僕から視線を外してしまう。そして、ゆっくりと足を組み替《か》え、ため息をついた。

「お前は、お前自身にそうさせる要因があるとは考えないのか？」

「だって、僕は男ですよ？……同性に好かれる顔らしいってことは、ああいう仕事をしているからわかります。でも、もう三十にもなろうっていう男なんかに、どうして執着《しゅうちゃく》するんですか？」

「『なんか』と云うなと云っただろう。俺の前で自分のことを貶《けな》すのはよせ。もう忘れたのか？」

「……っ、すいません……」

怒《いか》りを滲《にじ》ませた声で告げられ、僕は反射的に体を強張《こわば》らせて謝る。機嫌《きげん》を損《そこ》ねたかと心配になったが、黒川はそれ以上僕の発言に言及《げんきゅう》することはなく、何か思案している様子だった。

「——昔話をしてやろう」

「え…？」

「お前は覚えてるか？　高校のときのことを」

「まあ…印象的な出来事なら……」

「俺はいまでも鮮明《せんめい》に覚えていることがある。——忘れたくても忘れられなかったと云ったほうが正しいかもな」

突然《とつぜん》始まった『昔話』に面喰《めんく》らう。僕の質問に、何の関係があるんだろうか？

不思議に思いながらもじっと耳を傾《かたむ》けていると、懐《なつ》かしいものを見るような目を一瞬《いっしゅん》向けられた。

「俺の家は、親の代に水商売で儲《もう》けたいわゆる成金なんだ。親の見栄《みえ》だけのために、金のかかる私立の進学校…しかも男子高に放《ほう》り込まれた俺は、当然、入学式に出る気にだってなれなくて、やさぐれて校舎の裏でサボってたわけだ」

何となく想像がつく。

育ちのいい生徒の中にこんな狂犬《きょうけん》のような男が入ったところで、そうそう簡単に馴染《なじ》めないだろう。

「誰《だれ》も来ないだろうと高《たか》を括《くく》って、煙草《たばこ》を吸ってたら見回りに来た二年に見つかって、出合い頭《がしら》に叱《しか》られたんだ。そんときから体はデカかったから、同世代にそんなふうに注意されたのは初めてでビックリした」

「へえ……」

「女みたいな綺麗《きれい》な顔してんのに、あんなに柄の悪かった俺を見ても物怖《ものお》じ一つせずに煙草を取り上げようとしてきたから毒気抜《ぬ》かれたな」

いまだって、かなりの柄の悪さなのだから、当時はさぞかし手のつけられない高校生だったことだろう。そんな人間を注意するなんて、勇気のある生徒がいたものだ。

「初日から問題起こすのも面倒《めんどう》で、その場を逃《のが》れるために仕方なく反省して見せたら、そいつが笑いやがったんだよ」

「笑った…？」

「こんなに綺麗に笑うやつがいるんだって、妙《みょう》に感動して――それから、ずっとそいつのことが忘れられない」

黒川の眩《まぶ》しいものを見つめるような表情から目を離せなかった。

この男に、こんな顔をさせるような人とはどんな人間なのだろう？

「……思い出さないか？」

「え？」

「まあ、十年以上も昔の話だ。俺のことなんてお前が覚えてなくても無理はない」

「僕が……？　もしかして……同じ高校だった…？」

僕が二年のとき、こいつが一年……？

確かに黒川の云《い》うように、逢ったことは全く覚えていないけれど、つまり話が事実なら僕のほうがこいつより年上ということになるんだろうか？

威圧感や存在感から、つい黒川のほうが年上だとばかり思っていた。

「あの頃《ころ》のあんたは、俺とは全く違《ちが》う世界に生きていたしな。優等生のあんたに憧《あこが》れてるやつらは多かったんだぜ？」

「だからって何で……」

「高嶺《たかね》の花が手の届く場所に咲《さ》いていたら、自分だけのものにしたくなるだろう？」

高嶺の花——そんなことを高校時代に云われたこともあった。男子校だったせいか、不埒《ふらち》なやつらも多かったし。

でも、それは高校という狭《せま》い範囲《はんい》の中だからこそ云われていた言葉であって、いまの黒川が僕なんかを高嶺の花だなんて云うのは間違っている。

「……わからない」

「わからないならそれでいい。いまの話は忘れろ。少し、口が滑《すべ》りすぎた」

黒川はそれ以上は話す気はないと云わんばかりの態度で、話を打ち切った。

聞きたいことは他にもあったけれど、それっきりまた全《すべ》てを遮断《しゃだん》するような態度を取り始めた黒川に声をかけるのは、さすがに躊躇《ためら》われた。

……本当はどんな人間なのだろう？

強引《ごういん》なことをすると思えば、人助けのようなことをしてみたり、僕の自由を奪《うば》っておきながら、こうして労《いたわ》ったりもする。

憎《にく》いと思っていたはずの相手に向いている感情が、憎しみだけじゃないことに薄々《うすうす》感じながら、僕は黒川の手が不器用に自分の髪《かみ》を梳《す》くのを心地《ここち》よく思っていた。

さっき飲まされた風邪薬《かぜぐすり》の中に含《ふく》まれる睡眠薬《すいみんやく》が効いてきたのか、少しずつ睡魔《すいま》が迫《せま》って来ている。

何か黒川に問いかけたい気持ちはあったけれど、上手《うま》く頭が回らず、考えごとをすることさえ億劫《おっくう》になってきた。

「いま思えば、あの頃から……だったのかもしれないな……」

そうして熱に浮《う》かされた意識の中で、僕はそんな小さな呟《つぶや》きを聞いた気がしたのだった

――。

5

夏風邪の一件から、僕たちの関係は微妙《びみょう》な変化を見せていた。

それは僕の気持ちの面でだけかもしれないけれど、間にあった張り詰《つ》めた空気が和《やわ》らぎ、穏《おだ》やかなものになり始めた気がする。行為《こうい》の最中、拘束《こうそく》されることは変わらなかったが、触《ふ》れる手は少しだけ優《やさ》しくなったようにも感じた。

だけど、それと同じくして、黒川が店に足を運ぶ頻度《ひんど》が減ってきているのも事実だった。やっぱり予想していた通りに、黒川は僕に飽《あ》き始めたのかもしれない。

黒川は僕のことを『高嶺の花』だと云っていた。つまり、手に入れるまでのプロセスが重要であって、その後はさして重要ではなかったのだろう。

きっと、もう少し。もう少しで、こんな生活からも解放されるはずだ。

——そんな風に考え始めたある夜。

だが、切り出されたのは、僕の予想していたものとは違うものだった。

「しばらくこの店から離《はな》れてもらう」

「え……？」

云われた言葉が信じられなくて、僕は反射的に聞き返す。

「色々と厄介事《やっかいごと》があったんだ。落ち着くまで、他《ほか》に移れ」

「でも、店は⁉」

「ごたごたが片づくまでは休みだ」

――そんな…。

黒川が飽きれば『契約《けいやく》』も終わり、坂下さんと共に、また店を再開できると思ったのに。このままでは、店からも追い出されてしまうのだろうか…？

「……わかりました…」

僕は困惑《こんわく》したまま、とりあえず頷《うなず》く。

それにしても、いったいどこに連れて行かれるんだろう？　『他に移る』ということは、黒川からも離れることになるということ…？

そう思った途端《とたん》、何故《なぜ》か胸の辺りがズキズキと痛み始めてしまう。

「昼に部下が迎《むか》えに行くから仕度《したく》をして待っていろ」

そして呆然《ぼうぜん》としているうちに話はまとめられ、黒川はいつものように振《ふ》り返りもせずに部屋から出て行ってしまった。

残ったのは、困惑に満ちた僕のこの気持ちだけ。

何なんだ？　この気持ちは……。

黒川の相手をせずにすむんだから、喜べばいいじゃないか。

嫌《いや》なことから逃《のが》れられるのだというのに、どうしてこんなにも胸が痛むんだろう……？

一人になった空間で、僕は小さく呟いた。

「嘘《うそ》だろ……？」

まさか、そんな——。

あんなに憎かったはずなのに、恨《うら》んでいたはずなのに。いったい、いつの間に……？

「僕は、あの男が好き…なのか……？」

もしかしたら、初めてバーで対峙《たいじ》したときに感じた直感は、こんな気持ちを抱《かか》えることを予測していたのかもしれない。

憎しみを抱《いだ》く前に、好きになってしまっていたのだ。そうでなければ、抱《だ》かれ続けることに僕が耐《た》えていられたわけがない。

「なんで、いまさら……」

いま頃《ごろ》になって気づいたって、この関係が変わるわけもないのに——。

いつの間にか変化していた感情に狼狽《うろた》えながら、僕は黒川が出ていったドアをいつまでも見つめていた。

「こんにちは」

「あ……古城さん……」

店のドアに休業の知らせの紙を貼《は》っていると、落ち着いた声に呼びかけられる。振り返るとそこには、黒川の部下・古城が佇《たたず》んでいた。

言葉を交《か》わしたことがあるのは最初の出会いのときだけだったが、時折、黒川の送迎《そうげい》で訪《おとず》れるため、顔は覚えている。

いつも笑顔《えがお》で、黒川以上に何を考えているかわからない男——というのが、僕の持っている印象だった。

「お迎えに上がりました。準備は調《ととの》いましたか？」

「……はい。上に荷物があるので、それを取ってくるだけです」

そう答えながら、僕の胸は不安に支配されていた。

本当に、僕はこの店に戻《もど》ってこられるのだろうか？　オーナーと自分が大事にしていたこの店を守るために、僕はここに残ったはずだというのに。

「どうしましたか？」

「いえ……」

違《ちが》う…店から離れるのが嫌だなんて、ただの云《い》い訳だ。多分、僕はあの男の側《そば》にいたいだけなのかもしれない……。

複雑な胸の内をバラしてしまうわけにもいかず、形だけの笑みを取り繕《つくろ》う。そんな僕に古城は変わらぬ笑みを湛《たた》えながら、信じられないことを云ってきたのだ。

「――あの男から逃《に》げたいのなら、手を貸してもいいんですよ？」

「は？」

「あなたが自由になるお手伝いをしてもいいと云っているんです」

「な…にを云って……」

この人は、黒川の部下なんじゃないのか？　そんな立場の人間が、どうしてそんなことを云ってくるんだ？

試《ため》されているのか、それとも…？

「こうしてあなたを手元に置いているのは、あの人のいつもの気紛《きまぐ》れでしょう。どうせいなくなったあと捜《さが》しまわるような人じゃありません」

「で、でも」

「やはり、不安ですか？　まあ、すぐには答えは出ないでしょう。少し考えてみたほうがいいかもしれませんね。いま、車をこちらに回してきますから、中で考えてみて下さい」

古城は一方的に告げたあと、車を停《と》めてあるであろう大通りのほうへと戻っていってしまった。

「自由に…か……」

僕は、古城の背中を見つめながら、やっぱりという思いを強くしていた。

思っていた通り、黒川にとっての僕は、その程度の価値しかなかったんだ……。

どうせ、茶番に飽きた黒川は自分で捨てるよりも先に、僕のほうから姿を消してくれたほうが楽だとでも思ってるに違いない。もう、僕はただの邪魔者《じゃまもの》なんだ。

何をがっかりしてるんだ？　予想通りだったじゃないか。落ち込む必要なんて、全くないはずだ。

「でも、どうしようもないよな…」

そう、僕にはどうすることもできない。

とりあえず荷物を持ってこようと思い、僕は建物の陰《かげ》にある二階へ続く外階段へと足を向ける。

「？」

段差に足を踏《ふ》み出したそのとき、カタンと小さな物音が聞こえたような気がした。

その直後、僕の体は背後から誰《だれ》かに羽交《はが》い締《じ》めにされていた。

「大人しくしろ」

「く……っ」

咄嗟《とっさ》にしようとした抵抗《ていこう》は、胸元《むなもと》にちらつかされた刃物《はもの》で封《ふう》じ込められる。

じめじめとした昼下がり、直《じか》に触れる他人の汗《あせ》ばんだ肌《はだ》に嫌悪《けんお》感を覚えたが、いまはそんなことを云っている場合ではなかった。

こんな強引《ごういん》な手口を選ぶような輩《やから》だ、きっと話が通じる相手じゃないだろう。

けれど、僕は駄目元《だめもと》で、相手を刺激《しげき》しないように静かに問いかけた。

「何のつもりですか?」

「ふん、俺のことなんて忘れたって?」

「忘れ…って、もしかして…」

確か以前、黒川と小競《ぜ》り合いになっていた男だ。手首に何も巻いていないところを見ると、怪我《けが》はそんなにたいしたことはなかったらしい。

「恨《うら》むなら、あの男を恨むんだな。俺に恥《はじ》をかかせた上に、ウチが先に目をつけていたものを横取りしやがったあいつをな!」

「逆恨《うる》みですか?」

「煩《うる》せえ! せっかく、ウチが広い心で取り引きしてやろうと云ってやってるのに、なかなか応じねぇあいつが悪いんだ。だから、愛人のあんたに協力してもらおうと思ったんだよ」

陰鬱《いんうつ》な笑いを含《ふく》みながら告げられた言葉に、僕は苦笑《くしよう》してしまった。

「愛人? 僕が?」

「とぼけても無駄《むだ》だぜ? 店ごと買い叩《たた》かれて、ここで女みたいに囲われてるんだろうが」

「……僕を取り引きに使おうだなんて、それこそ無駄ですよ。もう、そんな関係じゃないんですから」

「なに？」

怪訝《けげん》な声を出す男に、僕は平然と答えてやる。

「残念ですが、僕は今日であの人に捨てられるんです」

「デタラメを云うな！」

「…っく、デタラメ…じゃ……」

男は憤《いきどお》りに任せて、片腕《かたうで》で僕の首を締《し》め上げてくる。歯向かいたくても、鼻先に刃物を翳《かざ》されている状況《じょうきょう》では、どうすることもできない。

さすがにまずいかもしれない……そう思いかけたそのとき、鋭《するど》い声が聞こえてきた。

「奈津生！」

視線をやると、血相を変え、怒《いか》りの表情に顔を歪《ゆが》ませた黒川がそこにいた。

この男の取り乱す様子は風邪《かぜ》のときにも一度見ているけれど、それとは比較《ひかく》にならないほど険しい表情をして…。

「その手を放せ！　奈津生は関係ないだろう!!」

どうしてそんな顔を見せるんだろう…？

『そんなやつもう用ずみだ』と云えばいいじゃないか。僕なんか、黒川にとって使い捨てのおもちゃのようなものなのだから、どうなったっていいはずだろう？

「関係なくはないだろう？　お前の愛人なんだからな。こいつが大事なら、そこから動くなよ？」

「くっ……」

男は黒川を牽制《けんせい》しながら歩き、路地に停めてあった黒塗《くろぬ》りの車の後部座席のドアを開ける。

嫌《いや》だ……このまますみす捕《つか》まり、黒川の足手纏《あしでまと》いになんかなりたくない！

「痛ぅッ⁉」

僕は、ドアを開けようとして刃物が自分から離《はな》れた一瞬《いっしゅん》をつき、体を拘束《こうそく》していた腕に思いきり嚙《か》みついた。そして締めつけが緩《ゆる》んだ隙《すき》に男を突《つ》き飛ばして、距離《きょり》を取る。

「貴様ぁ…っ」

だけどすぐに体勢を立て直した男が、僕目がけてナイフを振《ふ》りかざしてきた。

──避《よ》けきれない……！

「──‼」

ところが次の瞬間、目の前に影《かげ》が落ちた。

見ると、僕の体を庇《かば》うようにして黒川が男の前に立ちはだかり、鋭いナイフが黒川の腕を切り裂《さ》いている。

その鮮《あざ》やかな赤に、僕の頭は真っ白になった。

「……腰《こし》の入れ方が甘いな。そんなんで、ケンカに勝とうなんて百年早い」

「ぐぁ…っ、は、放せ…っ」

黒川は負傷したはずなのに、少しも怯《ひる》むことなく、逆に男の腕を捻《ひね》り上げてナイフを落とさせる。

「そう云《い》われて放すやつがいると思うか？」

「うぐっ……」

みぞおちに重く拳《こぶし》を叩き込んだ鈍《にぶ》い音がしたあと、黒川は開けっ放しになっていた車の後部座席に男を放《ほう》り込んだ。

そして、黒川は腹を押さえて苦しむ男を見ながら、狼狽《うろた》えている運転役に冷たく云い放つ。

「さっさと失《う》せろ」

「ひ、ひぃ…っ」

バタン！　とドアを閉めると、黒い車体は慌《あわ》てて発進した。

やがて喧噪《けんそう》は去り、辺りは静けさを取り戻《もど》す。いまになって、僕の背中には嫌な汗が浮《う》かんできた。

「大丈夫《だいじょうぶ》か？」

僕は黒川が差し伸《の》べてくれた手を取ろうとはせず、代わりに言葉を口にした。

「何で、僕を庇ったんですか…？」

僕がただの慰《なぐさ》みものなら、そんなことする必要なんかない。それも、もう手放そうというのに、何を考えているんだ…？

「……大事だからに決まってるだろう」

思い詰《つ》めた表情をしていたからか、黒川は言葉を選ぶようにして云う。僕がいつまで経《た》っても手を取らずにいると、黒川のほうから腕を摑んで引き上げてきた。

立ち上がった僕の服のほこりを払《はら》い、乱れた襟元《えりもと》まで正してくれる。僕は堪《たま》らなくなって、強い口調で拒絶《きょぜつ》してしまった。

「やめて下さい！」

「奈津生…？」

「もう、飽《あ》きたのなら中途半端《ちゅうとはんぱ》な優《やさ》しさなんか見せないで下さい……」

普段《ふだん》なら、こんな弱音なんか吐《は》かないはずなのに。

ショックな出来事が続いたせいか、僕の心は不安定になってしまっているようだった。

「何を云ってるんだ、お前は？」

「どうせ、僕のことは捨てるつもりだったんでしょう？」

「はあ？」

「誤魔化《ごまか》さないで下さい！　もう僕を必要としなくなったから、あの人にあんなことを云わせたんじゃないんですか⁉」

人の生活を振り回し、気持ちまで掻《か》き乱しておきながら、飽きたなんて酷《ひど》い男だと思う。

だけど、気づいてしまった気持ちをなかったことなんかにはできなかった。

「……俺はお前の云っていることがわからない。誰が何を云ったって云うんだ？」

「だから、古城さんが――」

云いかけたそのとき、どこかに消えていた古城さんが小走りに戻ってきた。

「お待たせして申し訳ありません。表に停《と》めていた車のタイヤが全部パンクさせられていまして、……と、お邪魔《じゃま》でしたか？」

古城の笑顔《えがお》を見ていると、いままでの緊迫《きんぱく》感がまるで嘘《うそ》だったかのように思えてしまう。

拍子抜《ひょうしぬ》けした僕とは対照的に、黒川は頭に血を上らせていた。

「……おい。こいつに何を云ったんだ？」

「おや、話してしまったんですか、奈津生さん」

「………」

僕はその様子から、黒川に対する気持ちを古城に読み取られていたことを悟《さと》り、気まずさに目を逸《そ》らした。

「何を云ったんだと聞いている」

「あなたはこの人が関《かか》わると少し冷静さを失うようでしたので、私は、深入りする前に離れておいたほうがいいのではないかと思ったんですよ」

静かに威圧《いあつ》する黒川に対し、古城は顔色も変えずにしゃあしゃあと告げる。

二人のやり取りから、古城の申し出が黒川の与《あずか》り知らぬことだったと判明した。

「勝手なことを……！」

「その腕だって、無茶をした結果なんじゃないですか？　そういうことになる前に手を打っておこうと思うのは、あなたの右腕として当然のことでしょう？」

「――余計な世話だ」

見ていたわけでもないのに、古城は鋭いところをついてくる。

摑みどころのない笑顔に、激昂《げっこう》しかけていた黒川はいつしか怒りを収め、代わりに拗《す》ねたような不機嫌《ふきげん》なオーラを放っていた。

「はいはい、私の手出しは無用でしたね。車があれでは、今日は送っていけませんので、移動は明日ということで。怪我《けが》の手当てもあるでしょうから、こちらでお休み下さい」

「いいから、さっさと行け」

「はいはい」

黒川に追い立てられた古城は、特別に今日と明日は休みにしてあげますよ、と云い残し、携《けい》帯《たい》を取り出しながら来た方向へと戻っていった。

怪我をした黒川を連れて二階の部屋に戻り、用心のためにしっかりと施錠《せじょう》をする。

本当は病院に行くべきだと云ったのだが、そこまでする必要はないと、黒川が譲《ゆず》らなかったのだ。

「よかった…そんなに酷くはありませんでしたね」

黒川をベッドに座らせ、服を脱《ぬ》がせて見てみた傷口は心配したほどのものではなく、僕は少しだけ安心する。出血が派手だったため、どんなに深い傷になっているだろうかと思っていたのだ。

救急箱の中にあった軟膏《なんこう》と包帯で応急処置を施《ほどこ》し、ほっと一息つく。

「……すみません、僕のせいで」

「お前のせいじゃない。そもそもの原因を作ったのは俺なんだからな」

「でも…っ」

隙を見せてああいった状況《じょうきょう》を作り出してしまったのは僕なのだ。油断しなければ、黒川も怪我などせずにすんだのに。

「気にしなくていい。これは、ただ俺の自己満足だ」

「え…？」

「お前に傷がつかなくてよかった」

見たこともない、穏《おだ》やかな表情。

その顔に、僕はまたもや胸を締《し》めつけられた。さっきも心臓が止まるかと思ったけれど、他人の表情一つにこんなにも気持ちを左右されることなんか、いままでなかったと思う。

いざ二人きりになると、何を話したらいいのかわからなくて、どう言葉をかけるべきかと逡《しゅん》巡《じゅん》していると、黒川のほうが先に口を開いた。

「どうして、古城の話に乗らなかった？」

「……それは」

「本当はこんな生活望んでなんかいないだろう？　逃《に》げたいと思っていたんじゃないのか？」

「思ってました……少し前までは」

何もかも捨てて、自由になりたいと望んでいた。こんなところから、いますぐに逃げ出したいと。

──だけど…。

「お前は、俺を恨《うら》んでいるんだろう？」

「恨んでいます」

断言すると、黒川は息を呑《の》み、何とも云いがたい表情で僕を見つめてきた。

いま云わなければ、二度とその機会は巡《めぐ》ってこない、そんな気がして僕は気持ちを固める。

そして深呼吸を一つしてから、しっかりと黒川の瞳《ひとみ》を見据《みす》え、唇《くちびる》を開いた。

「自分を滅茶苦茶《めちゃくちゃ》にした相手を憎《にく》まないわけがないでしょう。……だけど、その憎い相手を僕は好きになってしまったんです。手に入らないのがわかっているのだから、恨む以外何ができるって云うんですか？」

詰《なじ》るように云《い》うと黒川は目を見開き、僕の肩《かた》を乱暴に掴《つか》んで責めるような口調で問い詰めてくる。

「バカな。そんな嘘をつく意味がどこにあるというんだ！」

黒川が信じられないように、僕自身にだって信じがたい気持ちなのだ。僕はどんな顔をしていいのかわからず、結局困ったような顔で微笑《ほほえ》んでしまう。

「確かに嘘みたいですよね。…僕だって、信じられない」

自分のことを力で押さえつけて、自由を奪《うば》った相手なのに、好きになるなんてどうかしてる。

だけど、仕方ない。

この胸の痛みは本物なのだ。僕が焦《こ》がれる想《おも》いを向ける相手は、目の前のたった一人だけ。

いつだったか、愛《いと》しさと憎しみは表裏《ひょうり》一体だと客の誰《だれ》かが云っていた気がする。そのときは、丸きり別物でしょうと笑って流したけれど、身を以《もっ》てそれを体験する日が来るなんて思ってもみなかった。

多分、初めて店で黒川と目が合った瞬間《しゅんかん》から、惹《ひ》かれていたのだろう。だからこそ、あんなに胸がざわめいたのだ。

この男に近づいては危険だ、と――。

僕から何もかも奪っていった黒川は、乾《かわ》いていた心さえ残らず持っていってしまった。そうして僕は、身も心も奪い去っていった相手のことしか考えられなくなってしまったのだ。

「……いつか、飽《あ》きられる。そんなこと初めからわかってたのに、本当にバカです」

自らを蔑《さげす》んでいるうちに、瞳の奥が熱くなってきた。僕はどうして、こんなみっともないことを自分から話しているのだろう。

「だから、誰が誰に飽きられるって云うんだ!?」

「い……っ」

涙《なみだ》なんか見せまいと俯《うつむ》こうとした僕の肩に痛みが走る。黒川の手に力が籠《こも》り、指が食い込んできたのだ。

「云ってあっただろう！　周囲がごたごたしてて忙《いそが》しいと」

「でも…それは、僕を避《さ》けてたんじゃ……」

「アホか！　今回、お前をここから遠ざけようとしたのは、さっきみたいなことがあるだろうと思ったからだ。他《ほか》にどんな理由がある!?」

「………」

苛立《いらだ》った口調で告げられ、僕はぐっと押し黙《だま》った。

『忙しい』というのは、距離《きょり》を取るためのただの建て前だと思ってた。けど、よく考えたら、こんな傍若無人《ぼうじゃくぶじん》な性格で僕にそんな云い訳をして、気を遣《つか》うとは考えにくい。

「あの日、お前がここで働いていることを知った俺はその足で、店とお前のことを調べたんだ」

「どうして……」

「柄《がら》の悪い連中がよく来るようになったと云っていただろう？　それが引っかかってな。そうしたら、案の定、店の台所は火の車で、あんな状態の爺《じい》さんには悪いがチャンスだと思ったね」

「あんな状態…？」

「…っと、しまったな……」

黒川の滑《すべ》らせた言葉を、僕は聞き逃《のが》すことはなかった。追及《ついきゅう》すると、黒川はバツの悪い顔で言葉を濁《にご》す。

「お前は知らなくていい」

「教えて下さい！　いったい、オーナーに何があったんですか⁉」

縋《すが》るようにして問いかける。だんまりを通そうとする黒川に詰《つ》め寄り、必死に真実を語ってくれるよう云い募《つの》った。

「……爺さんは病気だったんだよ。この店とお前のことが気がかりで、なかなか入院に踏《ふ》みきれなかったらしい」

「そんな……」

「お前に知られたくなかったのは、そんなふうに気を落とされたくなかったからだろう。気持ちを汲《く》んでやれ」

「……っ」

ここのところ、夜がキツいと洩《も》らしていたのは体を病《や》んでいたからなのか。

あまり、日中に顔を合わせることがなかったため、顔色を気にかけたことはなかったけれど、以前のような潑剌《はつらつ》とした雰囲気がなくなってきていたのは確かだ。

歳《とし》のせいで少し瘦《や》せてきたと云っていたのは、僕に病気のことを隠《かく》そうとしてのことだったのだろう。

「オーナー……」

坂下さんのほっとしたような声は、気がかりだったものが自分の望むような形で手放せたことへの安堵《あんど》からだったのだろう。

最後の最後まで、僕はあの人の世話になり続けてしまったのだ。居場所を教えてくれなかったのも、いらぬ気遣いをさせないようにという配慮《はいりょ》に違《ちが》いない。

そんな彼に僕が報《むく》いる方法は、残された店を守っていくことくらいしかない。

「この店をこのまま残してお前に任せることがあの爺さんの夢だって知って、俺はここを買い上げることを決めたんだ。お前ごと、な」

「……あなたはバカだ。僕が云うことを聞く保証なんて、どこにもないのに」

さっきから、バカだのアホだの云われているけれど、黒川だって同じくらいの大バカだ。

自分の思うようになる保証はない僕一人のために大金を積み、収益の出ない寂《さび》れたバーを買い取るなんて。

「賭《か》けみたいなもんだ。だが、この機会を逃したら、一生お前を手に入れることなんてできない、それだけはわかってた。だから、体だけでも俺のものにしちまおうって腹だったんだよ」

本当にろくでもない男だろう？ と黒川は自嘲《じちょう》めいた口調でつけ足した。

「普通《ふつう》に接しようって気にはならなかったんですか？」

「……あんな再会の仕方をしておいて、口説いて落ちるとは思えなかった。うだうだ考えてる時間もなかったしな。手段はどうあれ、何としてでもお前が欲しかったんだ——そう簡単に手放すか」

低く抑《おさ》えた声に熱が混じる。

射貫《いぬ》くような視線で見つめられ、体中の細胞《さいぼう》がざわめき出した。

「で、でも、会わない間に忘れてしまうことだって考えられるでしょう？」

心の底に秘《ひ》めていた不安をすぐに払拭《ふっしょく》できるわけがなく、僕は尚《なお》も口にしてしまう。

すると、黒川は深いため息をついた。

「俺の部屋に連れていくのに、会えないなんてことがあるか、バカ」

「黒川さんの…部屋…？」

「セキュリティのしっかりしてるところのほうが安全だろう。そもそも、俺があんなことまでして手に入れたお前を簡単に手放すと思うか？　奈津生」

「え、あ……それは……」

「初めから云ってただろう、気に入ったって。それだけ云えば、俺の気持ちくらいわかんだろうが」

慣れてないことを云わせるな、と黒川に睨《ね》めつけられる。

わかるだろうと云うが、いつも不景気な顔をして僕を抱《だ》いて帰るだけの男の気持ちなど、察するのは難しすぎる。

そもそも、気に入ったというのなら、何故《なぜ》毎回縛《しば》られる必要があったのだ。

「……だったら、いつも僕のこと縛ってたのはどうしてなんですか？」

あれはどう説明するつもりなんだ。好意を持っているというのなら、普通あんなことはしないだろうに。恨《うら》めしげに見つめ返すと、ため息混じりに返された。

「——抱いているときくらい、お前の全《すべ》てが俺のものだって実感が欲しかったんだよ」

「え？」

「俺を拒《こば》むお前を見たくなかったんだ。ああしていれば抵抗《ていこう》なんてできないだろう？」

文字通り縛りつけておきたかったからだと、不貞腐《ふてくさ》れた様子で告げる黒川に、僕は二の句が継《つ》げなくなる。

この傲岸不遜《ごうがんふそん》な男が、ああして束縛《そくばく》していなければ不安だったとでも云うのか…？

それでも、導き出した結論が信じられなくて瞬《まばた》きを繰《く》り返していると、無事だった左腕《ひだりうで》で力いっぱい抱き寄せられた。

耳元に寄せられた唇《くちびる》に、二度は云《い》わないからなと宣言されたあと、早口で云われた言葉に胸が震《ふる》える。

「俺は、お前に惚《ほ》れてるんだよ」

何と返すべきかと口籠っていると、わかったかと責めるような口調で念を押された。

そのとき、僕にできたことは黒川の腕の中でコクリと頷《うなず》くことだけだった。

……安静にしててもらうつもりだったのに、どうしてこんなことになってしまったんだろう?

腕の怪我《けが》を盾《たて》に取られた僕は、散々恥《は》ずかしい要求をされた。

理不尽《りふじん》なと思いつつも、逆らえないのは命じられるのが習慣になってしまったせいか、それとも惚れた弱みなのか。

「あ……っ、ん、んん…っ」

下肢《かし》だけ着衣を取り去られ、命じられ、自ら大きく開いた足はだんだんと感覚がなくなってきていた。神経は体の中心に集まり、狂《くる》おしいほどの熱を生み出している。

腿《もも》の内側を黒川の硬《かた》い髪《かみ》がくすぐり、ぴちゃぴちゃと濡《ぬ》れた音が響《ひび》く度《たび》にいたたまれない気持ちになり、それ以上に乱れさせられた。

「も……ぅ…、やめ…っ」

「こんなにしておいて、何云ってる」

「んあ…っ！　あ…ぁあ…っ」

混じり合った体液でベトベトになった昂《たかぶ》りを握《にぎ》り込まれ、びくんっと腰《こし》が浮《う》く。

いままで一方的に体を貪《むさぼ》られ、奉仕《ほうし》を強《し》いられてきていた僕には初めての行為《こうい》。

黒川の舌がはしたなく勃《た》ち上がった自身に絡《から》みついているのだと意識すると、あまりの羞恥《しゅうち》に僕は泣きそうになった。

「やっ…あ、あ…熱……っ」

「どこが熱い？」

「どこも……っ、あ、ん…奥……すご……っ」

硬くなった根元から雫《しずく》の滴《したた》る先端《せんたん》までをねっとりと舐《な》め上げられると、それだけで四肢《しし》が震える。唇の裏で擦《こす》られる度に力が抜《ぬ》けてしまい、細胞が蕩《とろ》けていくような感覚に陥《おちい》った。

「随分《ずいぶん》とやらしいこと云うようになったじゃねえか」

「だ…って、…っく、ん…んぅ…っ」

「声を殺すな。いまさら、何を恥じらうことがある？」

聞かせろよと命じながらも黒川は、つけ根のあたりを揉《も》み、括《くび》れた部分を指で擦る。

それでも奥歯を嚙みしめていると、先端の窪《くぼ》みをぐりっと舌先で抉《えぐ》られ、そこをキツく吸い上げられた。

「……っ、あぁぁ…ッ！」

「云うこと聞かねぇとどうなるかくらい、もう覚えただろうが」

「っや、あー…っ」

前置きもなく、後ろへ指が突《つ》き立てられる。利《き》き腕が上手《うま》く使えないからと云われ、自分で潤滑剤《じゅんかつざい》を塗《ぬ》り込めさせられた窄《つぼ》まりは、何の抵抗もなく黒川の太い指を飲み込んだ。

「やっ、嘘《うそ》、いや……あ、ぁ……っ」

黒川は口淫《こういん》を続けたまま、怪我など本当はしていないのではないかと思わせるほど淫《みだ》らに、僕の中を掻《か》き回す。

強すぎる快感に過剰《かじょう》な熱を逃《のが》す術《すべ》を知らず、僕は力なく首を振《ふ》った。もう、腰の奥に凝《こご》った疼《うず》きをコントロールすることができない。

「あぁあ…ッ!!」

蕩けた体は、持ち主の云うことなど聞いてもくれず、ひくつく粘膜《ねんまく》を激しく擦られて、僕は黒川の口腔《こうこう》で達してしまった。

そのあとも、ビクビクと震える腰を抑えきれず、断続的に欲望を吐き出してしまう。

「ごめ…なさ……」

怒《おこ》られる——そう思い、体を起こして視線を投げた黒川の姿は予想に反していた。

口で受け止めたものを躊躇《ためら》いもなく飲み下し、唇についた白いものまでも舐め取っている。

「そ、そんなもの出して下さい…っ」

「何云ってるんだ。自分は平気で俺のものを飲むくせに」

くっくっと喉《のど》の奥で笑われて、頭にカァッと血が上る。

「あれは…！」

命じられるからに決まっている。初めはもちろん嫌《いや》だったし、本当はいまでも苦手なのだ。

平気に見えるのは見栄《みえ》のせいだろう。

だけど、自分のものをそうされることが、こんなにもいたたまれない気持ちになるとは知らなかった。

「——それより」

「あっ…!?」

ぐいと膝《ひざ》を押され、体を二つ折りにされる。いままで指に掻き回されていた場所に黒川の昂りが押しあてられる。

「そんなこと云ってる場合じゃないだろう？」

「ああぁ…っ!!」

触《ふ》れた切っ先の熱さに僕がひゅっと息を呑《の》んだのと同時に、圧倒《あっとう》的な熱量が体の中を押し開いた。

一気に奥まで貫《つらぬ》かれ、その瞬間《しゅんかん》意識が飛ぶ。

「…っ、相変わらずキツいな、お前の中は」

「そ…んな…ことっ、ぁく、んんっ…！」

「欲しかったって云ってるぜ？」

「うそ…っ、や、あ、あ…っ⁉」

イカされたばかりの体はだらりと弛緩《しかん》し、一旦《いったん》は慣らされた中も狭《せま》くなっていたけれど、教え込まれた男の形は克明《こくめい》に覚えていて、どんなに乱暴にされようと受け入れてしまうのだ。

とは云っても、抉るように腰を打ちつけられているのに、いつもとは違《ちが》う。

「んぅ…っ、っふ、あぁ……っ」

「今日はえらく感じてるな」

「っあ、だって……あ、や、ぁ…っ！」

黒川の云うように、義務で抱かれていたときより、僕の五感は鋭敏《えいびん》に快感を拾っていた。いままでは乱れる自分を恥じ、感覚をセーブしようとしていたけれど、いまは素直《すなお》に全てを受け入れようとしているからかもしれない。

でも、それだけじゃない。黒川自身が違うのだ。

欲望を満たすためだけに僕を抱いていた腕が、射貫《いぬ》くような視線が、今日は打って変わって優《やさ》しさを纏《まと》っている。行為は激しいけれど、それだけじゃない何かがあった。

「はぁ……っ、……っと……て……」

「ん？」

「もっと、欲し……っ」

「煽《あお》るな、バカ」

「んぁ……っ、あ……ぅんっ！」

黒川はガクガクと揺《ゆ》さぶっていた僕の腰を摑《つか》み直すと、更《さら》に深くを穿《うが》ってくる。感じる場所ばかりを先端で抉られ、僕は感じすぎてしまう体に困惑《こんわく》した。

「あ…ぁっ、そこ……い……っ、んんんっ」

「知ってる。ここ、だろう？」

「やぁあ…っ!!」

荒々《あらあら》しい抽挿《ちゆうそう》のなか、尚《なお》も感じる場所ばかりキツく突かれ、僕は短く叫《さけ》ぶ。

疼きを直接刺激《しげき》されているような感覚に首を振ると、肌《はだ》に浮かんでいた汗《あせ》が飛び散った。

「……っ、……黒川……さ……」

甘く溶《と》け出していってしまいそうな体に不安を覚え、自分を苛む男に腕を伸《の》ばす。初めて見せた仕種《しぐさ》に黒川は僅《わず》かに目を見開いたけれど、伸ばしたその腕を摑み、僕の体を引っ張り起こした。

「……あっ」

腰を跨《また》ぐような体勢により繋《つな》がりが深くなり、思わず喉の奥が鳴る。

汗を吸い、上半身にまとわりついていたシャツを剝《は》がすように脱《ぬ》がされたかと思うと、湿《しめ》った肌に歯を立てられた。

「んっ、ふぁ……っ、あ……」

「——奈津生……っ」

「あ……っ、あ、あっ、っんー……っ」

腰に響く律動が更に激しさを増し、鼻にかかる甘ったるい声に歯止めがきかなくなった頃《ころ》、首筋にしゃぶりついていた唇《くちびる》が、吐息《といき》ごと僕のそれを奪《うば》い取る。

「んん……んっ、ンぅ……っ」

「奈津生」

お互《たが》いに貪り合うキスの合間、愛《いとお》しげに呼ばれる名前に、胸が痛む。

苦しくて、せつなくて、でもそれが嬉《うれ》しくて。

それを伝えるための言葉は知っている。それは、簡単だけど難しい、たった二文字の言葉。

吐息混じりに囁《ささや》けば、くしゃりと男の顔が歪《ゆが》められる。

そうして、返すように微笑《ほほえ》んだ瞬間、目尻《めじり》から一粒《ひとつぶ》、あの日とは違《ちが》う雫が零《こぼ》れ落ちた。

「――思い出した」

黒川がシャワーを浴びている間、夢うつつにうとうととしていた僕は、ふと昔のことを思い出した。

あの、桜舞《ま》い散る春のある日――。

『こら！ 何してんの、こんなとこで！』

高校の入学式の直前、僕は校舎内を見回る仕事を受け持っていた。

迷子《まいご》になっている新入生を案内するのが本来の目的だったけれど、見つけたのは初日からどうどうとサボっているふてぶてしい生徒で。

『…ちっ』

『君、新入生だよね？ 初日から煙草《たばこ》なんて、先生に見つかったらどうするの』

『関係ねーだろ、あんたには』

生活にゆとりのある家庭の子息が多いウチの学校ではあまり見ないようなタイプで、僕はすぐに興味が湧《わ》いてしまい、放《ほう》っておく気になれなかった。

厳《いか》めしい顔つきで、制服を脱いだら高校生には見えないような体格。街で出逢《であ》ったのなら、できる限り関《かか》わり合いにならないように努めるべき雰囲気《ふんいき》だったけれど、そんな男がウチの学校の制服を居心地《いごこち》悪そうに着ているのだ。

怖《こわ》いというよりも、むしろ可愛《かわい》いと思えてきてしまったのだ。

『あるよ。僕は入学式の実行委員なんだ。新入生全員に参加させる権利がある』

『はあ？　権利？　義務じゃなくて？』

『ほら、一緒《いっしょ》に行こう。吸い殻《がら》は僕が預かっててあげるから』

そうやって急《せ》かすと、新しい後輩《こうはい》は嫌そうな顔をしながらも渋々《しぶしぶ》腰《こし》を浮《う》かせる。

思ったよりも素直で、眉間《みけん》に皺《しわ》を寄せながらもおもむろに立ち上がる様子は、ドーベルマンのような大型犬を彷彿《ほうふつ》とさせた。

『……わかったよ』

やけに身長が高く、威圧《いあつ》感がある。そんな彼がバツの悪そうな顔で揉《も》み消した吸い殻を手渡《てわた》してくるのが、微笑ましくて思わず口元が緩《ゆる》んでしまった。

『よし！』

微笑みかけて、空いていた手を差し出すと、彼は面喰《めんく》らったような顔を浮かべた後、少しだけ口元を緩めてくれたのを覚えてる。

「何だ……あのときの……」

あれ以来話す機会もなく、遠くで見かけてはその姿を追っていたこともあったけれど、受験態勢に入ってからはすっかり頭の中から抜け落ちていた。

黒川にとっては、いまでも忘れることのできない印象的な出来事だったということがびっくりだ。

そんなに僕のような人間が、物珍《ものめずら》しかったのだろうか？

「あの頃はもうちょっと可愛げがあったんだけど……」

「誰《だれ》に可愛げがあったって？」

シャワーから上がってきた黒川が、僕の言葉を聞き咎《とが》めてきた。まさか、聞かれていたとは思わなくて、少し動揺《どうよう》してしまう。

「あ……腕《うで》は大丈夫《だいじょうぶ》でしたか？」

「こんなのかすり傷だって云《い》ってるだろう」

そんなこと云って、さっきは怪我《けが》を盾《たて》にして、色んなことをさせたくせに。けど、云うとまた何をされるかわからないからと、僕はそれ以上口にするのはやめておいた。

「で、何だって？」

「大したことじゃないですよ」

黒川の怪訝《けげん》な顔つきに思わず笑いが漏《も》れてしまう。

出逢ったときのことを思い出したと告げたら、どんな顔をするだろう？

思い出話に花が咲《さ》くよりは、気恥《きは》ずかしさで不機嫌《ふきげん》になるような気もするけれど。

「実は——」

僕は、もう一度あの日のことを思い返しながら、ゆっくりと口を開いたのだった。

束縛トラップ

Sokubaku Trap

1

「――それで、マスターは名前なんて云《い》うの？」

「さあ……企業秘密《きぎよう》ですね」

カウンターの真ん中に陣取《じんど》ったその客は、やんわりと返した僕の答えに不満そうに顔を歪《ゆが》める。

この客が店にやってきたのは、これで二回目。

一回目は確か、常連客のサラリーマンに連れられて来ていたはずだけど、今日は土曜日で会社が休みなのか一人きりだ。私服姿のためか多少印象は違《ちが》ったけれど、繰《く》り返される質問は前回と全く変わらない。

「いいじゃん、教えてよー」

「…………」

食い下がる彼を微笑《ほほえ》みで誤魔化《ごまか》すと、その頬《ほお》がうっすらと染まる。強引《ごういん》なのか、純情なのかわからない客だ。

この程度なら質《たち》の悪い客のうちには入らないけれど、名前は云わないほうが妥当《だとう》だろう。勿体《もったい》ぶって隠《かく》すほどの名前ではないけれど、話を聞けば、彼はこの春に社会人になったばかりだという。そんな青年に、ヘンな期待を抱《いだ》かせるわけにはいかない。

「マスターって呼び方、あんまり好きじゃないんだよね。何か、おじさんっぽいイメージがするだろ？　あなたみたいな美人には似合わないよ。でも、ホントに綺麗《きれい》な顔だなぁ……」

「恐《おそ》れ入ります」

「黒くて長い髪《かみ》も、あなたに凄《すご》く似合ってるしさ」

「…………」

――どうもこの客も、僕の『容姿』が気に入ったらしい。

うっとりとした視線を向けながらの手放しの賛辞に、思わず僕は苦笑《くしょう》してしまう。

こういったことは度々《たびたび》ある。けれど、熱っぽい視線を向けられる度、こんな外見のどこが良いのかと、僕は不思議に思うのだ。

姿形は親から譲《ゆず》り受けてしまったものだし、髪は惰性《だせい》で伸《の》ばしているだけ。誇《ほこ》りたいと思うことなど、自分では全くないというのに……。

「ねえ、下の名前だけでいいからさ。あ、仕事中でダメだってことなら、店終わるまで待ってるけど。何時に終わるの？」

ため息を呑《の》み込む間にも、相手は都合よく解釈《かいしゃく》してどんどん話を進めてしまう。

いまはまだ、その拗《す》ねた口調も微笑ましく思える。だけど、それもいまだけだ。若さ故《ゆえ》の暴走に火がついてしまっては困る。

僕は、以前ストーカーのようになってしまった客の一人を思い出し、うんざりとした気持ちになった。

あのときは、その対処に相当骨を折ったのだ。

欲しくないプレゼント攻撃《こうげき》に、店を独り占めしようとでもいうかのような他の客への嫌《いや》がらせ、待ち伏《ぶ》せに、悪戯《いたずら》電話。繰り返されるアプローチは、エスカレートするばかりで。警察沙《ざ》汰《た》にしなければならないだろうかと、さすがに僕も思ったくらいだ。

けれどその客も、あの人に『困っている』とつい零《こぼ》してからは、姿を見ていない……。

僕はグラスを片づけるふりをしつつ、こっそりとため息をついた。

この店は、繁華街《はんかがい》の奥にある目立たないバーで盛況《せいきょう》とは云いがたいが、清潔感のある雰囲気《ふんいき》のためか比較《ひかく》的金回りの良い客が多い。そういった客は、大概《たいがい》自分の地位がわかっているためか、引き際《ぎわ》を心得ているのだが、面倒《めんどう》なのは勘違《かんちが》いしやすいこういった客だ。

とにかく、あの人に気づかれる前にどうにかしないと……。

「生憎《あいにく》、閉店時間は決まってないんです。――何かお作りしましょうか？」

やんわりと客の言葉を流しつつ、空のグラスに気づいた僕は追加注文を訊《たず》ねた。

「じゃあ、マティーニを二つ。マスターも一緒《いっしょ》に呑んでよ」

「私も、ですか？」

「一人で呑むのって好きじゃないんだ。一杯《いっぱい》くらいなら平気だろ？」

「……ありがとうございます」

覚え立てのメニューを口にしたというのが、ありありと見てとれる。だからといって、無下《むげ》に断るわけにもいかず、僕は一応、厚意《こうい》として受け取ることにした。

マティーニは、口当たりがいい割にアルコール度数の高いカクテルだ。

そのことを知らない客ならまだしも、こういった店でシェイカーを振っている僕を酒で酔《よ》わせようなんて、浅はかというか何というか…。思わず内心苦笑してしまう。

——仕方ない、付き合うか…。断ってもこの分じゃしつこく云ってきそうだし。

「どうぞ」

酒に弱いわけではないけれど、念のため自分のぶんのグラスはジンを少なめにし、僕はグラスをカウンターの上に滑《すべ》らせた。

「じゃあ、乾杯《かんぱい》」

持ち上げられたグラスを軽く合わせる。

いただきますと告げ、一口呑んだところで入り口のドアにつけられたベルが、カランカランと涼《すず》やかな音を響《ひび》かせた。

「いらっしゃいま——」

グラスを置き、音のしたほうへと振り向いた僕は、そこに立っていた人物の姿に小さく息を呑む。すぐに、ドクンドクンと心臓が早鐘《はやがね》を打ち出したのを感じた。

現れたのは、数ヶ月前にこの店の新たなオーナーとなった黒川龍二だった。

ただそこに佇《たたず》んでいるだけなのに、圧倒《あっとう》的なその存在感には誰《だれ》もが目を奪《うば》われる。黒川はそういった雰囲気を纏《まと》う男だった。

「…いらっしゃいませ」

僕は気持ちを落ち着かせて、何事もなかったかのようにして改めて声をかける。

「………」

なんだろう…?

いつも通りの無愛想な顔だけど、今日は纏う空気が普段《ふだん》より殺気立っているように思える。何かトラブルが起きたか、巻き込まれたかしたあとなのかもしれない。少しだけ乱れた漆黒《しっこく》の髪さえも、彼の野性味を際立たせ、迫力《はくりょく》を増させる要因となっていた。

それにしても、ここ数日は店に顔を出すこともなかったというのに、今日はどういった風の吹《ふ》き回しだろう?

オーナーと云っても、黒川はこの店の経営を主としているわけではない。不動産業や金融《きんゆう》業、風俗《ふうぞく》やホストクラブのような水商売系の経営などを主軸《しゅじく》に手がけているらしい。

自分のことをあまり語ってくれないため『らしい』としか云えないのだが、儲《もう》けがあるとは言いがたいこの店を道楽で経営するくらいなのだから、金回りはかなりいいのだろう。

「――いつものを」

「……かしこまりました」

通り一遍《いっぺん》の受け答えだというのに、言葉が喉《のど》に引っかかる。

黒川と対峙《たいじ》するとき、僕は未《いま》だに緊張《きんちょう》してしまうのだ。それが彼の持っている雰囲気のせいなのか、僕が抱《かか》えている想《おも》いのせいなのかはわからない。

「……………」

僕はそれ以上かける言葉を見つけることができず、黙《だま》ってバーボンを取り出す。

すると黒川は、表情一つ変えずに僕の前まで悠然《ゆうぜん》と近寄り、カウンターで機嫌《きげん》よくマティーニを呑んでいたその客に一言云い放った。

「そこは俺の席だ」

「は？」

突然《とつぜん》、そんなことを云われた彼はもちろん怪訝《けげん》な顔をする。

「そこは俺の席だと云ったんだ」

「何だよそれ……。そんなの早いもん勝ちだろ？　もしかして、あんたもここのマスター狙《ねら》いなわけ？」

酒の入った彼は、怖《こわ》いもの知らずで黒川に反論する。僕は口を挟《はさ》むこともできず、ハラハラしながら二人の様子を見守った。

「…………」

「な、何だよ。何か文句あるのかよ」

睨《にら》みつけられ、さすがにたじろいだ様子を見せる。理性がアルコールで飛んでいたとしても、黒川の持つ威圧《いあつ》感は本能に訴《うった》えてくるような類《たぐ》いのものだ。

あからさまな敵意を向けられ、平然としていられるのはよほどの人物だろう。

「…………」

一言も云《い》い返そうとしない黒川は、さっきより機嫌を悪くしているように見えた。

そんな様子に気づいたのか、奥のテーブル席で談笑していた常連客たちが、そそくさと酒を呑み干し立ち上がる。

「会計、いい？」

「はい。……申し訳ございません」

慣れた様子で声をかけてくる美貌《びぼう》の常連客に小声で謝ると、からりと笑いながら気にするなと返された。

伶俐《れいり》に見えるほどに整った顔を人懐《ひとなつ》っこく綻《ほころ》ばせる彼の名は、たしか『冬弥《とうや》』と云ったはずだ。まだ学生らしいと聞いたことがあるけれど、正確な歳《とし》は知らない。

容姿も身なりも羽振りもいい彼の周りには、いつも誰かしらがいる。どんな気紛《きまぐ》れで、こんな地味なバーを贔屓《ひいき》にしてくれているのかはわからないが、僕は彼が好きだった。

何となく、自分と同じ種の匂《にお》いがするように思えるからかもしれない。笑顔《えがお》の裏に、何かしらの闇《やみ》を抱えている……そんな気がするのだ。

「気にしないでいいって。今日はこっちも騒《さわ》いで迷惑《めいわく》かけちゃったしね」

「そんなことは……」

客が、出した酒で楽しんでくれていたのなら、店としては本望《ほんもう》だ。なのに、それをまたもや中断させてしまったかと思うと、さらに心苦しくなる。

黒川がオーナーになってから、こういった気紛れな閉店がよくあるせいか、常連客の間では黒川の来店イコール閉店が定着してしまったようだけれど、やっぱり申し訳ない気持ちが消えることはない。

だからといってオーナーの意向に背《そむ》くわけにもいかず、ここ数ヶ月は客に不便を強《し》いていた。

「でも、よかったね」

ふいに、その綺麗《きれい》な顔がふわりと綻ぶ。

「何がですか？」

よかったと思えることなど一つもない。むしろ、いまの店の雰囲気は最悪な状態なのだ。

不思議に思って小首を傾《かし》げると、彼は悪戯《いたずら》っ子のような表情で声を潜《ひそ》めた。

「だって、このところ元気なかったのは、あのオーナーが顔を見せなかったからでしょう？」

「……っ……」

予想もしていなかった指摘《してき》に、僕は反射的に顔が熱くなる。

店に現れない黒川の身を案じ、やきもきしていたことは事実だが、顔には出さないように気をつけていたのに。それが、傍《はた》からはそんなふうに見えていたなんて……。

「自覚がないならいいけど。それじゃ、ごちそうさま。ねー、お腹空《なかす》いちゃったから、誰か一緒《いっしょ》にご飯食べ行かない？」

彼は動揺《どうよう》する僕にそれ以上の追及《ついきゅう》をすることなく、近くにいる人間に声をかける。人気者の彼の誘《さそ》いに、周囲の人間は我先にと返事した。

「行く行く！」

「あ、それなら俺、こないだ美味《うま》い店見つけたんだ」

「じゃあ、そこ行こうか？——ほら、そこの君も行くよ」

「は？　俺？」

黒川に睨まれ、動けなくなっていたカウンターの男は、予想外の呼びかけに目を丸くした。どうして自分が、と云わんばかりの怪訝な顔をしていると、ふいに目の前に手を出され、ますます不思議そうな表情を浮《う》かべる。

「察しが悪いなぁ。こういうとこに来るなら、ちょっとは空気読めるようになりなよ。早く財《さい》布《ふ》出して」

彼は椅子《いす》にかけてあったその男のジャケットから財布を抜《ぬ》くと、数枚の紙幣《しへい》を取り出し、さっさとカウンターの上に置く。

「これで足りるよね？」

「何すんだよっ、俺はまだ呑《の》んでるんだ！　ちょっと、マスターも何か云ってよ」

助け舟《ぶね》を要求されても、僕には丁重《ていちょう》に頭を下げて返すことしかできない。

客商売として間違《まちが》ってるとは思うけれど、この店では誰よりも黒川が最優先なのだ。

「……申し訳ございません。今日はもう店終《みせじま》いなんです」

「はあ⁉　だったら、そいつはどうなんだよ！　何でデカイ顔して突《つ》っ立ってんだよ‼」

指さされた黒川は重い口をようやく開き、憮然《ぶぜん》として告げる。

「自分の店でデカイ顔して何が悪い？」

「……ッ！　俺は客だぞ⁉　お前の店なら、客に対しての対応ってもんが――」

真っ赤になって捲《まく》し立てる男の口を、伸《の》びてきた冬弥の手が塞《ふさ》ぐ。

「はいはい。いいから行くよ。奈津生さん、またね」

彼はそう云うと、必死になって彼の綺麗な指を剝《は》がそうとする男を引き摺《ず》り、楽しげに店を出ていった。

「…………」

嵐《あらし》のような喧噪《けんそう》が過ぎ去り、店内にはシン…とした沈黙《ちんもく》が落ちる。僕はほっとした気持ちと裏腹に、黒川の機嫌の悪さを思うとキリキリと胃が痛くなった。

「いまのはよく来るのか？」

黒川はようやく空いた『指定席』に腰《こし》かけると、僕が出したグラスを掴《つか》み、一気に半分ほど喉に流し込む。その乱暴な呑み方に、僕は彼の虫の居所の悪さを思い知らされた。

「いえ、今日で二回目です」

「次からは追い払《はら》え」

「ですが……」

あの程度のことで追い払っていたら、この店には客が寄りつかなくなってしまう。ただでさえ最近は、営業日も開店時間もまちまちだというのに……。

一人きりで訪《おとず》れる客が多いバーなため、僕が客に話しかけられることは日常茶飯事《さはんじ》だ。あまり喜ばしいことではないけれど、その中にはああやってアプローチをかけてくる人間も少なくはない。

だけど、口説かれることが気に食わないと云ったら、こんな商売はやっていけない。

それくらい黒川だってわかっているだろうと思うのに、どうしてこう無茶を云うんだろう？

「文句があるのか？」

ギロリと睨まれ、その迫力《はくりょく》に圧《お》されたけれど、僕は毅然《きぜん》と云い返した。

「あの程度のことは大したことじゃないでしょう？　僕がちゃんと気をつけていれば問題ありません」

「だったら、先日のことはどうなんだ？　さっきのが、ああいう傍迷惑な男だったらどうする」

「……っ、でも……」

自分の傲慢《ごうまん》さを棚《たな》に上げているところは引っかかるけれど、つきまとわれて困り果てた一件を例に挙げられれば反論する余地がなくなってしまう。

「口答えするな。これは命令だ」

「――……」

有無《うむ》を云わせぬ口調で云われ、僕は悔《くや》しさに唇《くちびる》を噛《か》んで押し黙《だま》った。

「返事は？」

「……わかりました」

承諾《しょうだく》の言葉を口にしながら、密《ひそ》かにため息をつく。

いくら黒川にとってこの店が片手間以下だとしても、こんなにも客に不親切な運営状況《じょうきょう》はいかがなものだろうか？　このままでは、本当に経営が立ち行かなくなってしまう。

「どうした？」

「……いえ」

不安に思わず顔を歪《ゆが》めてしまった僕を、素早《すばや》く黒川が見咎《みとが》める。だが、やはり云いたいことをはっきりと口に出すことはできない……。

正直なところ、オーナーの都合で開店状況を左右されるこの店がまともに経営できているわけがなく、オーナーが代わる前よりも更《さら》に経営状態は悪くなっていた。

黒川にとっては経営状態などどうでもいいことなのかもしれないが、一応は店を任されている以上、できる限りのことはしたい。

そう思ってメニューを増やしたり、居心地《いごこち》良い空間になるよう気を遣《つか》ったりと、僕なりにできることを頑張《がんば》ってみてはいるけれど、やはり限られた営業時間内では、それを赤字解消に結びつけることは難しかった。

……こうやって僕がこの店に執着《しゅうちゃく》するのは、自分を助けてくれた前オーナーへの思い入れもあるけれど、それだけじゃない。いまの僕にはこの店が黒川との唯一《ゆいいつ》の接点、ということが、何事にも替《か》えられない重要な事実だった。

だからその接点を維持《いじ》するためにも、囲われているのではなく、雇《やと》われているのだと云《い》える立場にならなければいけない。

そんなことを考えてしまうほど――僕と黒川との関係は、微妙《びみょう》なものだった。

『俺は、お前に惚《ほ》れてるんだよ』

あのとき確かに、黒川はそう云ってくれた。僕だって、黒川が好きだと告げたはずだ。一瞬《いっしゅん》でも黒川に近づけたような気がしたというのに、あれから数ヶ月たったいまも、僕たちの関係は気持ちを伝える以前と何ら変わりはない。

それどころか、いくら体を繋《つな》げても黒川の心は遠く、一緒にいることに、以前よりもずっと違和《いわ》感を覚えるくらいなのだ。

もしかしたら……手に入れた途端《とたん》、黒川の執着は僕から離《はな》れてしまったのだろうか…？

「…………っ」

思い当たる節に、僕は小さく息を呑む。

だが、そう考えるのが、この違和感に対して一番しっくり来る答えのように思えた。

「同じ物を」

「かしこまりました」

動揺を悟《さと》られないよう気を遣いながら、僕は空になったグラスを下げ、新しい水割りを作る。客に出すためのそれではなく、黒川の好みに合わせ、バーボンは少し多めに。黒川の微妙な反応の違いから調整してみたのだが、いまの割合が一番口に合うようだった。

「お待たせ致《いた》しました」

「ああ」

新しいグラスを静かに置くと、今度はゆっくりと味わうように呑んでくれた。

黒川のために今の僕ができることは、これくらいしかない。

水割りを口に含《ふく》んだ瞬間の表情をこっそりと覗《のぞ》き見ると、ほんの少しだけ眉間《みけん》の皺《しわ》が弛《ゆる》んだところを見ることができた。

「やっぱり、お前が作るのが一番口に合うな」

「え…？」

思わぬ言葉をかけられ、僕は驚《おどろ》きに目を見張る。

今まで感想なんて一言も云ったことがない黒川が……僕の腕《うで》を褒《ほ》めるなんて……。

じわじわと込み上げる喜びに、僕の口元は自然と綻《ほころ》んでしまう。

そんな些《さ》細《さい》な一言で舞《ま》い上がってしまうなんて、自分でもどうかと思うけれど、滅多《めった》に聞けない黒川の褒め言葉は心底嬉《うれ》しかった。

「……ありがとうございます」

やっぱり……僕はこの男が好きなんだ……。

強引《ごういん》で傲慢――そんな年下で最低な男のことがこんなにも好きだなんて、どうかしてるとしか云いようがない。

だけど、理性では呆《あき》れつつも、甘く疼《うず》くこの胸の痛みは見過ごしようのない真実だった。

「…………」

一緒《いっしょ》に出したつまみを齧《かじ》りながら酒を呷《あお》る様子を飽《あ》きることなく眺《なが》めていると、ふいに黒川の視線がこちらを向いた。

「何か云いたいことがあるのか？」

「あ……すいません……。気に障《さわ》りましたか？」

「……いや」

不躾《ぶしつけ》な視線が不愉快《ふゆかい》だったかと思い謝ると、気まずそうに目を逸《そ》らされる。言葉を濁《にご》されてしまうと、何が気になったのかは結局わからずじまいだ。

そのときふと黒川の左手の甲《こう》に派手についた擦《す》り傷を見つけて、僕はぎょっとした。

「どうしたんですか、その手！」

「……ああ、これか。来るときに、ちょっとぶつけた」

いくらなんでも「ちょっと」と云うには痛々しすぎる傷跡《きずあと》に、僕は咄嗟《とっさ》に黒川の左手を摑み、自分のほうへと引き寄せた。

摑んだ手首は赤く腫《は》れ上がっている。

「手首も腫れてるじゃないですか!! どうして先に云わないんです!?」

「大した怪我《けが》じゃない。放《ほう》っておけば治る」

「な…」

こんな怪我を放置しておこうだなんて、何を考えているんだ？

ちなみに、こういったことはこの数ヶ月で一度や二度のことではない。

どうしてそんな怪我を作ってくるのかと訊《たず》ねたら、追い詰《つ》められた債権者《さいけんしゃ》や、ホステスやホストに入れあげた客が逆ギレしたからだと云っていたことがあった。

もしかしたら、もっと危険なこともしているのかもしれないと思って追及《ついきゅう》したこともあったけれど、僕にそれ以上詳《くわ》しいことを教えるつもりはないらしくはぐらかされている。

「ダメです！　病院とまでは云いませんから、せめて湿布《しっぷ》くらい貼《は》って下さい」

「………」

強い口調で告げると、黒川は渋々《しぶしぶ》押し黙ったあと、小さな笑《え》みを見せた。

「……ようやく、お前らしい顔になったな」

「え？」

唐突《とうとつ》に云われた言葉の意味がわからず、僕は目を瞬《しばたた》かせる。

短く問い返したけれど、黒川は同じことを二度云うつもりがないらしく、代わりに大人しく腕をカウンターの上に乗せた。

「好きにしろ」

初めから、素直にこうしてくれればいいものを……。

僕はため息をつきつつも、カウンターの下に常備してある救急箱を取り出すと、中から必要と思われる軟膏《なんこう》や湿布、包帯などを躊躇《ためら》いもなく選び出す。そして、手当てに手慣れてしまった自分に複雑な思いを抱《いだ》きながら、黒川の手を消毒し、丁寧に包帯を巻いた。

「あの……」

「何だ？」

「……いえ、何でもないです」

無茶はしないでくれと云いたかったけれど、それは僕が口を挟《はさ》める問題ではないことは充分《じゆうぶん》わかっている。黒川の仕事に関して僕に許されるのは、無事を祈《いの》ることくらいなのだ。

「もういいですよ。腫れが引くまで、あまり左手を使わないようにして下さいね」

「善処する」

そう云って水割りを口にしようとした黒川を、僕は慌《あわ》てて制止した。

「お酒もダメです。今夜は我慢《がまん》して下さい」

「かまわないだろう、これくらい。もう一杯呑《いっぱいの》んだんだから、さしたる差はあるまい？」

「ですが……」

「お前の作った酒を残したくはない」

「……っ」

——黒川は卑怯《ひきょう》だ。

たとえその場凌《しの》ぎの出任せだったとしても、そんなふうに云われたら、厳しいことなど云えなくなってしまう。

すると黒川は困惑《こんわく》する僕を見て、少しだけ口の端《はし》を上げ、微《かす》かな笑みを浮《う》かべた。この日初めての笑顔に、ドキリと心臓が大きく跳《は》ねる。

耳まで熱くなっていくのを感じた僕は自分を誤魔化《ごまか》すため、溜《た》まったグラスを洗い始めた。

「奈津生、これを呑んだら帰るぞ。仕度《したく》をしてこい」

「はい」

黒川を待たせるわけにもいかないし、店内の片づけは明日に回したほうがよさそうだ。

僕は一言断りを入れると、着替《きが》えるために建物の二階へ足を向けた。

元々事務所兼更衣室《けんこういしつ》だった二階は、黒川がオーナーとなった途端改装してしまい、今はワンルームマンションのような造りになっている。

一応、ここが僕の住まいなのだが、こうして黒川が来た夜は彼の自宅へ連れ帰られるのが最近の常だった。

とはいえ、忙《いそが》しい黒川とは、店が終わる深夜から朝方にかけてしか一緒にいられないし、共に過ごすのは専《もっぱ》らベッドの中で、会話なんてほとんどありはしない有様だったりする。

おまけに返ってくる答えが怖《こわ》くて、ベッドを抜《ぬ》け出す黒川を引き止めることもできないなんて、これでは『恋人《こいびと》』というより『愛人』だ……。

「……急がないと」

暗くなっていく思考を振《ふ》り払《はら》うようにして手早く着替えると、僕は洗濯機《せんたくき》へとシャツを放り込み、急いで店へと戻《もど》った。

「早かったな」

「中にいて下さればよかったのに。いま、戸締《とじ》まりしてきますから待ってて下さい」

「ああ」

黒川は胸元《むなもと》から煙草《たばこ》を取り出して口にくわえ、二階へと続く外の階段に腰《こし》を下ろした。

外で待っていてくれたということは、店内の消灯はしてきてくれたということだろうか？

念のため店の中を一瞥《いちべつ》して明かりが点《とも》っていないことを確認《かくにん》してから、表の看板を照らす照明を切る。こちらのスイッチはわかりにくいところにあるため、黒川も場所がわからなかったのだろう。

ガス等の確認をすませたあと入り口に施錠《せじょう》をしていると、背後から声が聞こえてきた。

「えー…もう閉店？」

振り返ると、決まって毎週末に来てくれている常連客が残念そうな顔で立っていた。

まだ店がやっていると思って、足を運んでくれたのだろう。なのに期待に添《そ》うことができず、僕は申し訳ない気持ちになる。

「申し訳ございません……」

「ちぇー、もうちょっと早く来ておけばよかったたな。まあ、でも、奈津生さんの顔が見られたからいいや」

屈託《くったく》なく云《い》われ、少しだけ気持ちが軽くなる。

「また、いらして下さいね」

心からそう云うと、彼は気さくに微笑《ほほえ》んでくれる。

「来週は時間あるから、早めに顔出すよ。それじゃ、おやすみなさい」

「おやすみなさいませ」

笑顔で見送ったあと、慌てて待たせている黒川のところへと向かうと、彼の眉間《みけん》には再び深い皺《しわ》が刻み込まれていた。

「人気者だな」

「黒川さん……」

――まさか、あの客のことを云っているのか…？

「どいつもこいつも、酒を呑みに来てるんじゃなくて、お前の顔を見に来ているだけなんじゃないのか？」

「……っ……」

うんざりと吐《は》き捨てられた言葉が、ザクリと胸に突《つ》き刺《さ》さる。

意図して云ったわけではないのかもしれないが、まるで僕の作る酒には何の魅力《みりょく》もないと切り捨てられたような気分になった。

感情が急降下していくのに伴《ともな》い、血の気も一気に引いていく。くらりと目眩《めまい》さえする。

「何突っ立ってるんだ？　行くぞ」

「……はい」

震《ふる》えそうになる声を何とか振り絞《しぼ》り、いつも通りの返事をする。

どうして、こう上手《うま》くいかないんだろう…？

この人に嫌《きら》われたいわけじゃない、もっと近づきたいのに……。

どうしたら、上手くいくんだろう？

だが、ポケットに手を突っ込み、横柄《おうへい》な態度で歩いていく黒川のあとを、僕は大人しくついていくことしかできなかったのだった。

――どうしたものか……。

黒川の車は、すぐにマンションへと辿《たど》り着いてしまった。だが、部屋に戻っても、黒川の機《き》嫌《げん》は低空飛行のままだ。

びくびくと様子を窺《うかが》っているだけでは埒《らち》が明かないと判断し、僕は黒川に普段《ふだん》通りに声をかけることにした。

「夕食は食べましたか？　まだでしたら、何か作りますけど」

しかし、キッチンに体を向けかけた途端《とたん》、必要ないと切り捨てられる。

「メシはいい。寝室《しんしつ》へ行け」

「――――」

早速《さっそく》それか、と僕はため息をつきたくなった。

別に黒川に抱《だ》かれることが、嫌《いや》なわけではない。

僕なんかの体を求めてくれることは喜ぶべきなんだろうけど、さっきぶつけられた言葉のせいで、いますぐそんな気分にはなれそうにないだけだった。

「嫌なのか？」

「いえ……そうではなくて……」

僕が黒川の側《そば》にいる理由は何なのだろう――そんな疑念が頭に浮かんでくる。

しかし、体だけだと云われたらと思うと気持ちが竦《すく》んでしまって、僕はやはりその問いを黒川にぶつけることができなかった。

「お前は俺のものだってこと、忘れてるわけじゃないだろうな？」

「……わかってます」

力なく首を縦に振り、僕は云われた通り寝室へと向かう。黒川のベッドに目をやると、数日前、僕がメイクしたときのままであることがわかった。

家事を一切《いっさい》しない黒川の生活を見兼《みか》ねて、顔を合わせないでいる間も数日置きにこの部屋の掃除《そうじ》や洗濯をしに来てはいるのだが、そのままだということは戻ってきていなかったということだろう。

その間、黒川はいったいどこで休んでいたのだろう……？

「…………」

自らベッドへ上がることに躊躇《ためら》い、所在なげに立っていると、背後でドアが閉められる音がした。

「服を脱《ぬ》げ」

「え？」

短く命じられ、思わず訊《き》き返すと、黒川は苛立《いらだ》ったように急《せ》かしてくる。

「早くしろ」

こんなときの黒川に意見しても意味がないと判断し、その突き放すような態度に悲しくなりながら、僕は着ているシャツのボタンに手をかけた。

黒川の視線を感じながら、事務的な手つきで一つ二つと外していく。

しかし四つ目のボタンに手をかけたところで、小さな舌打ちの音と共に腕《うで》を掴《つか》まれたかと思うと、強引《ごういん》に向きを変えられる。

驚《おどろ》く間もなく唇《くちびる》を奪《うば》われ、呼吸さえままならなくなった。

「んぅ……っ」

乱暴に捩《ね》じ込まれた肉厚な舌は熱く、ほんのりとアルコールの味が残っていた。数日ぶりの口づけに、僕の全身は簡単に熱を帯び、ざわりと戦《おのの》く。

そんな気分になれそうもないなんて思っていたくせに、キス一つで体は黒川に反応する。

たった数日の禁欲で、こんなにも黒川に飢《う》えてしまうなんて…。

「んん……ん……っ」

口腔《こうこう》を乱暴に掻《か》き回されると、頭の中をぐちゃぐちゃにされているような感覚に陥《おちい》る。空気を求めて喘《あえ》ごうとすると、ぐっと腰を引き寄せられ、さらに口づけを深くされた。

「はっ……んん、ん……」

いつになく余裕《よゆう》のない黒川に戸惑《とまど》いを覚えながらも、淫蕩《いんとう》なキスに力が抜《ぬ》け、膝《ひざ》が折れそうになった僕は、条件反射のようにして彼の背中にしがみついた。

自分からも舌を絡《から》め、混じり合う唾液《だえき》を啜《すす》る。キスの心地《ここち》よさに陶酔《とうすい》し、意識に霞《かす》みがかってきたところで唇は離《はな》れていった。

「あ……黒川さ……」

ふいに途切れたキスが物足りなくて、僕は思わずねだるような声を上げてしまう。

覚束《おぼつか》ない体をベッドに放られると、シャツのボタンが弾《はず》みで外れる。黒川はスーツのジャケットを脱ぎ捨てると、すぐに僕の上にのしかかってきた。

「あ…ッ」

荒々《あらあら》しく肌《はだ》をまさぐられ、喉元《のどもと》に嚙《か》みつかれた途端、上擦《うわず》った声が唇から零《こぼ》れ落ちる。次いで歯を立てられた場所を強く吸い上げられると、背筋に電流のようなものが走り抜けた。

「やぁっ…!」

弾みで撓《しな》った背中を掬《すく》われ、下着ごとズボンを引き下ろされる。そして、羞恥《しゅうち》を感じる間もなく両足を左右に開き、秘《ひ》めた場所を暴《あば》かれた。

「……ッ!」

黒川はペロリと舐《な》めた自分の指で、性急に閉《と》ざした入り口を探《さぐ》り出した。強引に指先を埋《う》め込まれ痛みに顔が歪《ゆが》んだけれど、それでも黒川は容赦《ようしゃ》なく指を進めてくる。

潤《うるお》いが足りない内壁《ないへき》は、引き攣《つ》れたような痛みを生んだ。

「いっ…、あ……ぁ……っ」

「力を抜け」

「だ…め……っ」

そうしたほうがいいのはわかっていても、痛覚が先に立ち、体が云《い》うことを聞いてくれない。

「ちっ」

素直《すなお》に受け入れようとしない僕の体に焦《じ》れたのか、黒川はベッド脇《わき》にある引き出しからローションを取り出してきた。

「つ……っ」

トロリとした液体を狭間《はざま》に垂らされ、冷たさにギクリと体が強張《こわば》ったけれど、その滑《ぬめ》りのお陰《かげ》で僕の体は黒川の指をすんなりと飲み込んでいく。

「や……あっ……」

未《いま》だに体内で異物が蠢《うごめ》く感触《かんしょく》というものに、違和《いわ》感を覚えずにはいられない。どうしてもその感覚に慣れることができないのだ。

「あぁあ……ッ」

何度か抜き差しをして滑りを良くしたあと、指を増やされ、今度は内壁を揉《も》み解《ほぐ》される。だが、浅い部分にある場所を強く押された僕は、思わず内壁を弄《いじ》る指を締《し》め付けてしまった。

「ここ、か？」

「やぁっ、そこ、あ……ぁあ…っ」

走り抜けた快感の余韻《よいん》に、頭の中がチリチリと燻《くすぶ》っている気がする。

黒川はくちゅくちゅと濡《ぬ》れた音を立てながら粘膜《ねんまく》を掻き回し、感じやすいその場所ばかりを責め始めた。

「あ……く……ぅん…っ」

指が入り込んだそこに力を入れると、無理矢理指で粘膜を押し拡《ひろ》げられる。やがて内壁はひくひくと痙攣《けいれん》し、柔《やわ》らかく蕩《とろ》けたようになった。

「は…っ、あ…ん……っ」

黒川は後ろを解している間、首筋や鎖骨《さこつ》の上をキックく吸い上げ、僕の体に次々と所有印を残していく。服を身に着けていても見える場所にまで、痕跡《こんせき》は残された。

「んっ…あ、あ……っ」

やがて黒川の唇が胸の尖《とが》りに触《ふ》れたかと思うと、舌でその小さな粒《つぶ》を転がされる。もう一方を指で捏《こ》ねられ、腰《こし》の奥の熱がジクジクと疼《うず》いた。

止め処《ど》ない愛撫《あいぶ》に、触れられてもいない昂《たかぶ》りが痛いほどに張り詰《つ》めているのがわかった。先《せん》端《たん》からはトロトロと体液が零れ、根元のほうまで伝い落ちている。

「黒川さ……っ、や、もう……っ」

早くそこに触《さわ》って欲しい。

いっそ、痛いくらいキツく扱《しご》いて欲しい——そんなことさえ思ってるのに、黒川はなかなか触れようとはしてくれなかった。

「どう……し…て…？」

強すぎる快感で責められることには慣れているけれど、こういった中途半端《ちゅうとはんぱ》な状態にされたのは初めてで、僕はどうしたらいいかわからない。

奪われるばかりだった僕は、欲しいものを訴《うった》える術《すべ》を知らないのだ。

「お願……だから……っ」

早く、いますぐ、このもどかしいほどの熱をどうにかして欲しい。

切れ切れに訴えると、黒川は皮肉な笑《え》みを浮《う》かべた。

「どうして欲しい？」

「……っ、さ…触って、下さ……っ」

死にたくなるような羞恥を嚙み殺しながら、僕は必死に哀願《あいがん》する。欲求を口にすることがこんなにも恥《は》ずかしいことだったなんて、思いもしなかった。

「もう、こんなか？」

「ひぁ……っ」

辛《つら》いだろう？　と嘲笑《あざわら》われながら、濡れそぼった自身の裏側を指でなぞられ、ぞくぞくと腰が震《ふる》える。しかし、痛いほど張り詰めている僕の欲望には、到底《とうてい》物足りなかった。

物欲しげにヒクヒクと痙攣する下腹部をクッと押され、その奥にある熱を意識させられる。

「……っ…」

「本当にヤラしい体になったよな。抱《だ》いてくれるんなら、俺じゃなくてもいいんじゃないのか？」

「や…っ、何云って……ぁあッ」

そんなことあるわけがない——そう云って、揶揄《やゆ》に反論しようとした途端、体内で円を描《えが》くように指が動き、ぐちゅりという水音が鳴った。

柔らかくなった内側の粘膜は、快感を貪《むさぼ》ろうと黒川の指に絡みつき、いやらしく収斂《しゅうれん》する。

口にしかけた言葉は有耶無耶《うやむや》になり、過敏《かびん》な神経に思考回路を乗っ取られてしまった。

「…っあ！」

わけがわからなくなるほど快感を高められた直後、ずるりと指が引き抜かれる。僕は喪失感《そうしつかん》を堪《こら》えながら、訪《おとず》れる衝撃《しょうげき》に耐《た》えようとぎゅっと目を瞑《つぶ》った。

いつもこの瞬間《しゅんかん》が辛い…。すぐに、もっと確かなもので貫《つらぬ》かれるのだとわかっていても、熱を求めて震える自分の体に、耐えがたくなるのだ。

けれど……なぜか今日は、いつもとは黒川の様子が違《ちが》っていた。

「すぐに欲しいものがもらえると思っていたのか？」

「……っ⁉」

その言葉に思わず目を開けると、自分を苛《さいな》んでいた男は、意地の悪い笑みを口元に浮かべて僕を見下ろしていた。

その表情に嫌《いや》な予感を覚えながら、僕は固唾《かたず》を呑《の》んで黒川を見つめる。

「いつもお前ばかり楽しんでるのも、不公平だと思わないか？」

「ど…うしろって、云うんですか……」

問い返すと、黒川は逡巡《しゅんじゅん》する様子を見せたあと、とんでもないことを云ってきた。

「そうだな……自分でしてるところでも見せてもらおうか」

「なっ……」

予想外の黒川の要望に、僕は羞恥でカッと全身が熱くなる。

抱かれることには慣れてきたけれど、人前で自慰《じい》をしろなどと云われる日が来るとは思ってもみなかった。

そんなふうに自分の醜《みにく》さを晒《さら》すくらいだったら、無理矢理犯《おか》されるほうがまだましだ。いくらなんでも、そんなことできるわけが――…。

「これを放《ほう》っておくつもりか？」

「…っあ!」

断ろうとした途端、硬《かた》く反り返った自身をそろりと撫《な》でられ、腰がぞくりと震えてしまう。

しかし黒川はそれ以上、僕に手を出そうとはしなかった。

「どうした?」

「………」

きっと……黒川は僕を試《ため》しているのだ。

プライドをずたずたにするような方法で、僕が一番嫌がるだろうことを求めることで、どこまで彼を許すかを……。

「………っ」

どうして…?

試すことなどしなくても、僕の全《すべ》ては黒川のものだというのに。どうしてわかってくれないんだろう?

「できないのか?」

再び問いかけられ、僕は覚悟《かくご》を決める。

全て意のままにして、それでこの人が満足してくれるというなら、躊躇《ためら》う理由などない。

僕はこくりと唾《つば》を飲み込むと、気怠《けだる》い体を起こして軽く膝《ひざ》を立てた。後ろに片手をつき、開いた足の間にそろそろともう一方の手を伸《の》ばす。

手の平で自分のものを包み込むと、びくりと腰が跳《は》ねる。黒川に見られているのだと思うと、それだけで体が熱くなった。

「触ってるだけで満足できる体か？　ちゃんと手を動かせ」

「はい……っあ、ふ……」

体液の滑《ぬめ》りを借り、表面を撫でるように指を動かす。快感に溶《と》かされた体は普段《ふだん》より敏感《びんかん》になっており、自身を軽く擦《こす》っただけでざわりと総毛立った。

「……んっ……！」

だが黒川の云《い》う通り、もうささやかな接触《せっしょく》だけで満足できるような状態ではない。僕はぎゅっと目を瞑《つぶ》り、やや乱暴に張り詰めた自身を扱き始めた。

「はっ……ぁ…あ……」

黒川に触れられているときほどに感じることはできないけれど、欲望の赴《おもむ》くままに指を動かしていると、細胞《さいぼう》の一つ一つが甘く蕩けていくような感覚に包まれる。

突《つ》き刺《さ》さるような視線が、肌《はだ》をチリチリと焦《こ》がす。見られているのだという意識が理性を掻《か》き乱し、僕はより一層大胆《だいたん》に自分を高みへと追いやった。

「ずいぶん、気持ちよさそうじゃないか」

「だっ…て」

「……んっ」

それは、黒川が僕を見ているからだ……。

「一人でも充分《じゅうぶん》そうだな」

「ち…が…っ、あ、あ…っ」

そうやってからかわれても、一度火のついてしまった体はもう歯止めがきかない。起こしたままの体勢でいるのが辛くて、僕は体をベッドに投げ出した。枕《まくら》に顔を押しつけ大きく息を吸い込むと、黒川の移り香《が》が鼻先を掠《かす》め、体の奥の疼きを酷《ひど》く煽《あお》り立てる。

「あ……黒川、さ……っ、ぁあっ」

自らを慰《なぐさ》めるこの指が黒川のものだったらと思うだけで、体内を巡《めぐ》る血液が沸騰《ふっとう》する。

裏側をなぞり、括《くび》れた部分を擦り、体液を塗《ぬ》りつけるように全体を扱き上げ……黒川の指の動きに倣《なら》うと、腰の奥で滾《たぎ》る熱が体の中で激しく暴れ回った。

「ぁあ……っ、ぅんっ……」

だけど、いくら思い込もうとしても、この指は黒川のものじゃない。

感じる物足りなさに泣きそうになっていると、ふいに黒川が僕の体を引っ張り上げ、背後から抱き込むような体勢にしたのだ。

「左手も使え。後ろも弄《いじ》らないと物足りないだろう?」

「……っ、………わ…かり、ました」

僕は背後からの指示に従い、体を黒川の胸に預けるようにして両膝を立てると、限界まで張り詰《つ》めた昂《たかぶ》りを空いていた左手も使い慰めた。

根元を擦り、先端《せんたん》の窪《くぼ》みを弄ると、ぬめった体液がとろとろと零《こぼ》れてくる。それを左手で掬《すく》い取った僕は、体液で濡《ぬ》れた指をさらに後ろへと伸ばし、執拗《しつよう》に解《ほぐ》されたその入り口にゆっくりと先を埋《うず》めてみた。

「んっ、……ぁ、あ……」

物欲しげに指に絡《から》みつく粘膜《ねんまく》。自らの指さえをも欲《ほっ》する内壁《ないへき》の浅ましさに、僕は唇《くちびる》を噛《か》みしめる。

「動かさないのか？」

「……あ……」

耳元で囁《ささや》かれ、僕の体はぞくりと震えた。途端、きゅっと中が締《し》まる。

だけど体からは力が抜《ぬ》けて、僕の膝は次第《しだい》に内側へと閉じていこうとしてしまう。

「仕方ない。こうしていれば大丈夫《だいじょうぶ》だろう？」

するとそれを見咎《みとが》めた黒川が、背後から腕《うで》を伸ばし、僕の両膝を摑《つか》むと外側へとぐいっと押し広げたのだ。

「や…ん…っ」

「これで、よく見えるな」

隠《かく》すことのできなくなったことへの羞恥《しゅうち》に体を強張《こわば》らせると、黒川がそんな僕を叱咤《しった》するよ

うにして首筋に噛みついてくる。

「んぅ……」

「……ほら、できるだろ？」

噛んだところをあやすようにしてペロリと舐《な》めながら、低い声で僕の耳元に甘く囁く黒川。

こんなふうにされてしまえば、僕が抗《あらが》えるわけもない……。

甘い囁きと痛いほどの刺激《しげき》に背中を押された僕は、初めての行為《こうい》に戸惑《とまど》いつつも、おずおずと指を動かした。

「く……」

しかし、指はなかなか奥まで入り込めず、入り口付近を行き来することしかできない。

込み上げてくる切羽詰まった感覚に、僕は昂りを扱《しご》く手つきを速くする。喉《のど》から零れ落ちる声と吐息《といき》が、室内に虚《むな》しく響《ひび》いた。

こんなにも浅ましく熱くなるのは、全て黒川に見られているからだ……。

「っあ、ん…んん…っ」

呼吸は更《さら》に浅くなり、手の中のものは淫《みだ》らに震《ふる》えた。

輪にした指を狭《せば》め、反り返った自身をキツく擦り上げる。何度かそれを繰《く》り返しているうちに快感は高まり、限界が目の前に迫《せま》ってきていた。

「イケよ」

「――……っ」

声に従うようにして強く握《にぎ》りしめた瞬間《しゅんかん》、欲望がドクンッと弾《はじ》け、とろりとした生温かい感《かん》触《しょく》が手の平に広がる。

「あっ……ぁ……」

そこはひくひくと震えながら、止め処《ど》なく溜《た》まっていた白濁《はくだく》を吐《は》き出した。

僕は下肢《かし》の痙攣《けいれん》が治まるのを待って体内から指を抜き、ゆっくりと体を弛緩《しかん》させる。浅い呼吸を繰り返すうちに、快感に押し流されていた理性が徐々《じょじょ》に戻《もど》ってきた。

「よくできたな」

「…………」

まるで子供を褒《ほ》めるような言い方に、僕は身の置き場もないような羞恥に駆《か》られる。

どんな顔を黒川に向ければいいのかわからず背を向けたまま体を起こした僕は、おもむろに濡れた手を広げてみた。半透明《はんとうめい》の液体が五本の指を汚し、広げた指の間に糸が引く。

……そういえば、こんなふうに自慰《じい》をしたのはかなり久しぶりのことかもしれない……。

元々淡白《たんぱく》な質《たち》なせいもあるけれど、黒川の相手をしていると、自分で処理しなければならないほど溜まるようなことはほとんどない。

「…っ」

自らの体液で汚れた手を見ていると、次第《しだい》に虚しさが込み上げてくる。

黒川が望んだこととはいえ、どうして僕はこんなことをしているのだろう……。

すると、ふいに微《かす》かにベッドのスプリングが傾《かし》いだかと思うと、僕は黒川に肩《かた》をベッドに押しつけられていた。

「そろそろ、俺の相手もしてもらおうか」

「――――」

獣《けもの》のような瞳《ひとみ》を向けられると、僕の体は再び熱を帯びてくる。心臓を打ち破ってしまうのではないかと思えるほど、期待で鼓動《こどう》が煩《うるさ》く鳴り響いた。

腰《こし》から太腿《ふともも》までを大きな手の平が撫《な》で下ろし、力なく投げ出されていた僕の足の膝裏《ひざうら》を、黒川が抱《かか》え上げる。すると全身が反射的に、あの圧倒《あっとう》的な体積が体の中に埋め込まれるときの感覚を思い出し、小刻みに震えた。

「力を抜いていろ」

「あ……」

蕾《つぼみ》に押しつけられた硬《かた》さに覚悟を決めたときだった。

「……！」

突然《とつぜん》鳴り響いた黒川の携帯《けいたい》電話の呼び出し音に、僕ははっとして目を開ける。しかし、僕が何かを云う前に、黒川はベッドから降り、脱《ぬ》ぎ捨てたジャケットを拾い上げていた。

いつもならこんなときの電話に出ることなどないというのに、黒川は僕を放置したまま、携帯をオンにして耳にあてる。

「俺だ」

電話の向こうの声が聞こえてくることはなかったが、簡潔な会話から、電話の相手が黒川の秘書である古城だということがわかる。

プライベートな時間に連絡《れんらく》してきたことなどない古城が、携帯にまで電話をしてくるなんて、もしかしたら何か大変なトラブルでもあったのだろうか？

僕は火照《ほて》る体を叱咤してのろのろと起き上がると、乱れたシャツをかき合わせ、浅ましく反応した中心をベッドカバーで覆《おお》い隠す。

浅い呼吸はいつまで経《た》っても治まらず、快楽に餓《う》える体の疼《うず》きは更に酷くなるばかりだった。

「何⁉　早くそれを云え‼」

「……⁉」

黒川の恫喝《どうかつ》に、僕はびくりとなる。どんな窮地《きゅうち》に追い込まれても動揺《どうよう》など見せたことのない男の変化に、僕は驚《おどろ》いて目を見張った。

「本当に見つからないのか？　くそっ、アキラのやつ」

「――――」

黒川の口から出てきた名前を、僕は聞き流すことができなかった。

そんなふうに誰《だれ》かのファーストネームを口にするなんて、初めて聞いた気がする。いや、少なくとも僕は、僕の名前以外を黒川が口にするのを耳にしたことがなかった。

――アキラ…？

「いいから探せ！」

漏《も》れ聞こえてくる話から推測してわかることは、何かのトラブルに巻き込まれた『アキラ』という人物の行方《ゆくえ》を、黒川が血相を変えて、探すよう命じているらしいということだ。

多分『アキラ』という人物は、黒川にとってとても大事な人なのだろう。それは、珍《めずら》しく焦《あせ》るその口調からもよく伝わってくる。

『アキラ』という名前だけでは、男か女かもわからないけれど、黒川をこんなにも焦《あせ》らせるなんて、いったいどんな関係なのだろう？

――まさか……？

「……いっ」

チリ、と心臓に焦《こ》げるような痛みを感じ、僕は小さく声を上げてしまう。

何だろう、この痛みは……？

初めて感じる胸の軋《きし》みに、云《い》いようもない不安が込み上げてくる。

「それで手は打ってるんだろうな？……ああ、構わない。いまから俺も向かう。何かわかったら連絡を入れろ」

――え？

僕は自分の耳を疑った。

いま、黒川は何を云ったんだ？

信じがたい気持ちで見ると、黒川はすでに乱れた服装を手早く整え、ジャケットをばさりと羽織ったところだった。

「奈津生」

「……はい」

ふいに名前を呼ばれた僕は、向けられた背中に向かって声を振《ふ》り絞《しぼ》って返事をする。

「悪い、仕事だ。それと今日は店を開けるな」

「え？」

「俺が戻るまでここにいろ、わかったな」

振り返りざまにそう告げると、黒川は僕の返事も聞かず、慌《あわ》ただしく寝室《しんしつ》を出ていった。

そんな様子を呆然《ぼうぜん》と見送っていた僕は、玄関《げんかん》から聞こえてきたドアの閉まる音に、知らず詰《つ》めていた息を吐き出す。

「……っ」

本当に行ってしまうなんて、思わなかった。

自惚《うぬぼ》れていたわけではないけれど、プライベートでの黒川は、他《ほか》の誰よりも僕を優先してくれているように思っていた。そんな黒川が、他の誰かを優先するところを見たのは、これが初めてな気がする。

それに、いくら仕事があっても、行為《こうい》の途中《とちゅう》で放置されたことなど、いままで一度たりとてなかったというのに――。

「……つまり…」

『アキラ』という人物は、黒川にとってそれほど大事な人物ということなのだろうか？

普段《ふだん》は絶対に見せない動揺を隠《かく》しきれないほど、大切な相手……？

……そうだ。いままで考えたことがなかったけれど、黒川の相手が僕だけだとは限らない。

黒川とは数ヶ月前から一緒《いっしょ》にいるようにはなったけれど、正直なところ彼のことを僕はほとんど知らない。仕事のことも、プライベートのことも、知っているのは最低限のことだけ。

僕との関係だって『惚《ほ》れている』と云われはしたけれど、明確にはなっていないような状《じょう》況《きょう》だ……。

もっともっと大事にしている人間がいても、おかしくはない。

僕がトラブルに巻き込まれたときだって、身を挺《てい》して守ってくれたけれど、そんなふうに接する相手が僕以外にもいるかもしれないのだ。

「つ…っ」

途《と》端《たん》、心臓に突《つ》き刺《さ》すような痛みが走る。

また、だ。

だけど痛みに眉《まゆ》を顰《ひそ》め、胸を押さえた僕は、ふとその痛みの理由に思い当たった。

「――嫉妬《しっと》、してるのか？」

夜型の生活をしているけれど、僕の体は基本的には健康だ。病気をしているとは考えにくいし、病気でないとしたらこの痛みの要因は精神的なものであるとしか思えない。

つまり、僕はどこの誰かもわからない相手にヤキモチを焼き、胸を痛めているのか？

「僕は何番目なんだろう……」

呟《つぶや》いた言葉が胸に突き刺さる。

店に寄らない日や、マンションに戻《もど》らない日……僕が知らない間の黒川は、どこの……いや誰のベッドで休んでいるんだ……？

あの腕《うで》が僕以外の誰かを抱《だ》いているのかと思うと、胸を切り裂《さ》かれるかのような痛みが襲《おそ》う。

「そんなの、どうでもいいことだよな……」

濁《にご》った感情を理性で抑《おさ》え、僕は必死に冷静さを取り戻そうとする。

どんな立場であったとしても、黒川の側《そば》にいることを選んだのは、外でもない自分なのだ。

だけど、頭では納得《なっとく》しているつもりでも、胸のざわめきは静まらない。それどころか、どろどろとした何かが止め処《ど》なく奥底から湧《わ》き上がり、僕の胸の内を支配しようとしていた。

「……っ、何で……こんな……っ」

コントロールの利《き》かない感情を持て余し、僕は酷《ひど》く混乱してしまう。

黒川への想《おも》いが、こんなにも強く、こんなにも独占欲《どくせんよく》に満ちているものだったなんて、思いもしなかった。

「どうしろって云うんだ……」

そのことに気づいた僕は、どうしようもなく泣きたくなった。

中途半端《はんぱ》に火照る体は静まる気配を見せず、ベッドカバーで隠した昂《たかぶ》りは、いまもジンジンと熱く疼いていた。

なのに、この体を慰《なぐさ》めるはずの男は、ここにはいないのだ――……。

2

数度の不貞寝《ふてね》から起きた僕は、辺りの静けさに静かにため息をついた。

普段もこのベッドで眠《ねむ》った日は、起きると一人きりのことが多い。

それは黒川が僕が眠っている間に仕事に向かってしまうからなのだが、こんなにも寂寥感《せきりょう》に駆《か》られたことは一度もなかった。

「まだ帰ってきてない、か……」

枕元《まくらもと》の時計を確認《かくにん》すると、時刻はもう昼を過ぎている。

シャワーを浴び、汚《よご》れたベッドカバーを洗濯機《せんたくき》に放《ほう》り込んで……眠りについたのは確か明け方だったはずだ。

途中、黒川のことが気になって何度も目を覚ましたけれど、その度《たび》に落胆《らくたん》する気持ちから僕は目を逸《そ》らし続けた。

「……っ…」

無意識に自分の右隣《みぎどなり》に手を伸《の》ばし、さらりとしたシーツをそっと撫《な》でる。いつもは微《かす》かに残っている温かさが、今日はその痕跡《こんせき》すらない。

「それにしても遅《おそ》いな……」

時間がかかるにしたって、連絡《れんらく》の一本くらい入れてくれてもいいはずだ。

もしかしたら、また何かトラブルにでも巻き込まれているのだろうか？

「……いや、やめておこう」

一瞬《いっしゅん》、黒川の携帯《けいたい》に連絡してみようかと思ったけれど、余計な電話をして仕事の邪魔《じゃま》をするわけにはいかないと、僕はすぐに諦《あきら》める。

それに、もし本当にトラブルがあったとしても、僕にはどうすることもできない。どんなに心配しても、僕には黒川の助けになるような力などないのだから。

「……店に行こうかな…」

黒川には、何故《なぜ》か『今日は開けるな』と云《い》われたけれど、そう簡単に仕事は休めるものではない。それに、こうして黒川の気配が残るこの部屋で無為《むい》に過ごしているのも、彼のことばかり考えてしまって落ち着かないのだ。

片づけも残っているし、昨日早終《はやじま》いしてしまったぶんも今日はちゃんと営業しよう…。

そうして僕は、店を開けることを決めたのだった。

行く途中に買い物をすませた僕は、店に着いて早々、昨日やり損ねた片づけに取りかかった。

懸念《けねん》を振《ふ》り払《はら》うかのようにして、一心に店内の掃除《そうじ》をし、グラスを磨《みが》く——そうやって体を動かしていると、余計なことを考えずにすんだ。

少しでも気を抜《ぬ》くと、あのどろどろとした嫌《いや》な感情を思い出してしまう。

「…………」

僕がマンションを出てきてから、二、三時間は経《た》っている。黒川はもう、あの部屋に戻ってきているのだろうか？

でも、戻って部屋にいない僕に気づいたとしても、別に気にもしないのかもしれない……。

——ガシャン。

「あっ」

ぼんやりと考えていたせいで、僕は手の中のグラスを取り落としてしまった。床《ゆか》に叩《たた》きつけられたグラスは、派手な音を立てて砕《くだ》け散る。

「つっ！」

しかし、飛び散った破片《はへん》を慌《あわ》てて集めようとした僕は、尖《とが》った先で指を切ってしまった。みるみるうちに、指先に赤い玉が浮《う》かんでくる。染《し》み出してきた血ごと指を口に含《ふく》むと、舌の上に錆《さ》びた鉄の味が広がった。

「痛……」

滅多《めった》に自分で落とすことはないが、こういう店のためグラスの破損は多い。こうして使い物にならなくなったグラスの数は、これまでいくつになるだろう？　縁《ふち》が欠けたり、ヒビが入ったり……その度に、新しいものに交換《こうかん》され、それまで使われてきたものはゴミとなる。

そんな替《か》えのきく存在に自分を重ね合わせ、僕は胸が痛くなった。

「バカみたいだ…」

見ず知らずの人間に嫉妬してしまうのは、僕が黒川に過剰《かじょう》な期待をし始めているせいだ。側にいられるだけでいい。これまで通りの体だけの関係でも構わない。

そう思っていたはずなのに、『惚《ほ》れている』と云われたせいで、いつしか心のどこかで僕は黒川に見返りを求めるようになっていたのかもしれない。

どこで以前の気持ちをなくしてしまったのだろう？

黒川はこんな僕に『惚れている』と云ってくれた。それだけでも、それだけで充分《じゅうぶん》じゃないか。他《ほか》に大事にしている人間がいようが、自分以外の誰《だれ》かを抱いていようが、僕には関係のないことだ。

期待してはいけない。見返りも求めてはいけない。失ったときに傷つくのは、自分なのだから…。

そう自分に云い聞かせながら、僕は血の滲《にじ》んだ指でグラスの破片を拾い続けた。

「これ以上は無理か」

残りの細かな部分は、掃除機で吸い取るしかなさそうだ。

買い物してきた食材が入っていたビニール袋《ぶくろ》を一つ空け、無惨《むざん》な姿になってしまったグラスをその中へと入れて口を縛《しば》る。

空き瓶《びん》を入れているケースの脇《わき》にそれを片づけていると、突然《とつぜん》店のドアが勢いよく開いた。

「奈津生！」

「……黒川さん？」

まさか店に現れるとは思わず、僕は驚《おどろ》きに目を見張った。

「部屋にいろと云っただろう！」

「すみません。ですが……あっ」

烈火《れっか》のごとく怒鳴《どな》る黒川に云い訳をしようとしたけれど——それよりも先に、抱《だ》き竦《すく》められてしまった。

予測していなかった行動に、一瞬頭の中が真っ白になる。だけど動揺《どうよう》と緊張《きんちょう》の中でも、僕は体を包む体温と体臭《たいしゅう》に反応し、ざわりと産毛《うぶげ》が逆立った。

何が起こっているのだろう…？

すると、黒川は背骨が折れてしまうのではないかと思うほど僕を強く抱きしめたあと、やがて安堵《あんど》のため息を洩《も》らした。

「——心配した。せめて、行き先くらい残せ」

「何か、あったんですか？」

そうでなければこの様子はおかしい。店を開けたことに腹を立てているだけなら『心配した』なんて言葉は黒川から出ないはずだ。

「……仕事絡《がら》みでちょっと面倒《めんどう》があったんだ」

ようやく落ち着きを取り戻《もど》したのか、黒川は僕の体を離《はな》してチラリとこちらを見たあと、ふいと視線を逸らした。

「面倒って、また危険なことに巻き込まれてるんですか？」

「心配しなくても俺は大丈夫《だいじょうぶ》だ。だが俺の部屋からお前が出てきたら、関係者だと思って狙《ねら》われる危険があるかもしれない。だから、部屋から出るなと云ったんだ」

「すみません……」

トラブルに関しての予想はついていたけれど、そんなに物騒《ぶっそう》なことになっていたなんて思いもしなかった。

こういう話をされる度に、黒川と自分との住む世界の違《ちが》いを思い知らされる。

でも、てっきり『アキラ』という人物にばかり注意を向けていると思っていたのに、まさか黒川が僕のことまで気にしていたなんて……。

「いや、説明していかなかった俺も悪い」

珍《めず》しく殊勝《しゅしょう》に謝る黒川に、僕は驚いてしまう。しかし、そのあとに続いた言葉に、僕は軽いショックを受けた。

「体に傷がついたら困るからな。不用意に出歩くな」

——体……？

サラリと告げられた言葉に、目眩《めまい》を覚える。

結局、黒川にとって大事なのは、この体だけということなのだろうか？　外見だけを見て声を掛《か》けてくるような客たちと同じで、興味の対象は『僕』ではないのかもしれない。

現実を思い知らされた僕の気持ちは、急降下していく。

些細《ささい》な言葉にも反応し、その度《たび》に傷つく自分を女々《めめ》しいと自覚はしているけれど、黒川の言葉を気にしないでいられるわけがない。

心配して貰《もら》えること、こうして探してくれることだけでも充分だと思わなければならないとわかっている。けれど……。

「……『アキラ』という方に何かあったんですか？」

「何でその名前をお前が知っている？」

堪《た》えきれずに訊《たず》ねると、黒川は目を見開いた。

いつもの僕なら詮索《せんさく》せずに黙《だま》っているのだが、今日はどうしても我慢《がまん》ができなかった。

自分の立場はわかっている。理解しようともしている。

だけど——どうしても黒川と『アキラ』という人物の関係が知りたい。

それは、今まで他の存在を感じさせることがなかった黒川が、初めて僕に見せた他の存在だったからかもしれない。

「昨日、電話口で云《い》ってましたから」

「そういえば、そうだったな…」

「はい」

「……だが、お前があいつのことを知る必要はない」

教えるつもりはない、ということか……。

でも、そんなふうに云われても、ますます気になるだけだ。

見返りを求めちゃいけない——そう自分に云い聞かせたくせに、こんなにも胸がざわめく。

他の誰も見ないで欲しい、自分だけのものでいて欲しい。そんな無茶な願いが胸を支配して、焦燥感《しょうそう》を煽《あお》り立てた。

「僕には云えないことなんですか？」

「そうじゃない、お前は知らなくていいというだけだ」

「………」

そんなふうに返されても、すんなりと納得《なっとく》できるわけがない。

僕が知る必要がない相手、そして僕に云えない相手。そこから連想できることに、僕はやはり自分の予測に間違いはなかったのだと思ってしまう。

きっと黒川が必要とする相手は、僕だけじゃない――。

「どっちにしたって同じじゃないですか。その人のことが心配なら、そちらに行けばいいでしょう?」

どうせ自分は代わりのきく存在なのだと思うと、投げやりな態度になってしまう。

「奈津生?」

「別にあなたの相手は僕じゃなくてもいいんじゃないんですか?」

やさぐれた気持ちでそう告げると、黒川は少しだけ表情を強張《こわば》らせた。

そう云えば昨日、僕も黒川に同じようなことを云われた気がする。あれはただの揶揄《やゆ》だったのかもしれないけれど、僕の胸に深く突《つ》き刺《さ》さったことには変わりがなかった。

僕が他の誰かに簡単に体を許すように見えているのか、それとも『もう、俺じゃなくてもいいだろう』という別れを切り出すための伏線《ふくせん》なのか。

普段《ふだん》の会話があまりないためか、些細な言葉さえもそんなふうに捉《とら》えてしまう。揶揄なのかそれとも真実なのか、黒川の意図が僕には見えないのだ。

「――何が云いたいんだ?」

憤《いきどお》りを抑《おさ》え込んだ声で威圧《いあつ》されても、開き直ってしまった僕は、何もかもどうでもいい気分になっていた。

黒川の腕《うで》の中にいるのも気まずくて、僕はそこからするりと抜《ぬ》け出す。

「……言葉のままの意味です。僕に飽《あ》きたのならそう云って下さい。そうしたら、僕も仕事に専念できますから」

どういう結果になるか目に見えているというのに、わざと煽るようなことを云ってしまう。

本当はそんなこと微塵《みじん》も思ってはいない。こんなふうに険悪な云い合いをしたいわけでもない。なのに嫉妬《しっと》にささくれ立った心が、僕の態度を尖《とが》らせる。

「お前にとっては、俺よりもこの店のほうが大事ってことか？」

「…………」

黒川から投げられた問いかけにすぐに言葉を返せず、僕は黙り込んでしまった。

挑発《ちょうはつ》するような態度を取ってしまったけれど、黒川もこの店も、僕にとってかけがえのないものだ。

恩義のあった前オーナーのために続けていきたいという気持ち以上に、いまや僕にとって、店は黒川との接点とも云えるべき存在。

多忙《たぼう》な黒川が、一息つける店を作りたい。そして……それが、僕にできる唯一《ゆいいつ》のことだと信じてきたのに――。

「別にこんな店、潰《つぶ》しても構わないんだぞ」

「……っ」

冷たく云い放たれた僕は、否応《いやおう》もなく自分たちの関係を思い出す。

恋人《こいびと》と云えるかどうかわからないような今の関係の中で、唯一明確なのは雇用《こよう》関係のみ。

そして、前オーナーの借金を肩代《かたが》わりし、利益の出ない店を続けさせてくれているのは、所詮《しょせん》黒川の気紛《きまぐ》れにすぎないのだ。

簡単にこうして『店を潰しても構わない』と云うことができる黒川。きっと、彼にとっては『僕』の存在も似たようなものなのだろう。

僕は黒川にとって、本当に必要な人間だったんだろうか……？

いつか捨てられるかもしれない、そんな不安は常に抱《かか》えてきた。けれど、初めからいなくてもいい存在だったのかもしれないと思うと、泣きたくなってくる。

「……だったら、僕ももう用済みってことですよね」

自嘲《じちょう》しながら告げると、黒川は僕の両肩を強く摑《つか》んできた。

「どういうことだ」

「痛…！」

従順なはずの僕が反抗《はんこう》的な態度を取ったことが、気に食わなかったのかもしれない。

僕は何故《なぜ》、こんな厄介《やっかい》な男を好きになってしまったんだろう？

自分ばかりが黒川に夢中になって、好きだという気持ちが際限なく大きくなっていく。なのに、胸の中で渦《うず》巻く醜《みにく》い独占欲《どくせんよく》を直視することも、認めることも嫌《いや》だなんて、僕自身の感情も厄介すぎる。

「奈津生……いまの言葉、もう一度云ってみろ」

低い声で詰《つ》め寄られ、僕は震《ふる》える声を絞《しぼ》り出す。

「……僕はこの店ごと買われたんです。店が不要なら、僕も不要だってことでしょう？」

「本気で云ってるのか？」

グイッと胸《むな》ぐらを摑まれ、至近距離《きょり》で睨《にら》みつけられる。

この強い光を宿す瞳《ひとみ》、低く響《ひび》く太い声——どれも僕の心を惹《ひ》きつけてやまないものだ。

好きで好きで、どうしようもなく好きで。自分の中に、こんなに峻烈《しゅんれつ》な感情が生まれるとは思ってもみなかった。

でも、そろそろ引きどきかもしれない……。

これ以上好きになったら、僕は黒川から離《はな》れられなくなってしまう。きっとそんなことになったら、別れに耐《た》えることができなくなるだろう。

僕は問いかけに答える代わりに、静かに微笑《ほほえ》みを浮《う》かべた。

「何か云ったらどうなんだ？」

「……もう、疲《つか》れたんです」

「…………」

黒川は僕の言葉に表情を完全になくした。

「お願いします。僕を……解放して下さい」

「ふざけるな！　俺が、はいそうですかと云うとでも思っているのか？」

黒川が激昂《げっこう》し胸ぐらを摑んでいた手に力を込めたせいで、喉《のど》が締《し》めつけられた僕は息苦しさに喘《あえ》いだ。

「う……黒川……さ……」

必死に喘ぎながら目の前の男を見つめると、その瞳には怒《いか》りの色だけではない何かが揺《ゆ》れていた。

「いまの言葉を撤回《てっかい》しろ」

「できま…せん……」

「──それなら、仕方ない。お前が誰《だれ》のものなのか、きっちり思い出させてやる」

黒川は手から力を抜き、僕の喉元《のどもと》を緩《ゆる》めると、凍《い》てついた声音《こわね》でそう宣告してくる。

背筋に冷たいものが走り、肌《はだ》には本能的な恐怖《きょうふ》に鳥肌が立った。

……逃《に》げられない。

そう思った瞬間《しゅんかん》、体中の血液が沸騰《ふっとう》し脈搏《みゃくはく》が乱れ、それと同時に底のない奈落《ならく》に落とされたような気持ちになった。

歓喜《かんき》と絶望──この期《ご》に及《およ》んで、黒川の執着《しゅうちゃく》が嬉《うれ》しいだなんて。でも、それはいつまで経《た》っても、黒川の所有物でしかいられないということだ。

「い……っ」

ドン、と体を乱暴に突かれ、僕の体は壁《かべ》にぶつかった。酸欠で頭がくらくらしていたせいで、たたらを踏《ふ》んだ足を踏ん張らせておくことができず、ガクンとその場に膝《ひざ》をつく。

項垂《うなだ》れて目眩《めまい》が落ち着くのを待っていると、髪《かみ》を掴まれ、無理矢理上を向かされた。

「これから何をされるのかくらい、わかってるんだろう?」

「――――」

「そうだな……まずはその口でくわえてもらおうか」

「なっ……」

笑いの混じった声音で命じられ、どうしようもなく泣きたくなる。黒川への口淫《こういん》は初めてではなかったが、今までこんなふうに取り引きのような形で強《し》いられたことはなかった。

「上手《うま》くできたら、お前の云《い》うことを考えてやってもいい」

「…………」

取り引きというよりは脅迫《きょうはく》に近い。けれど、いまの僕には選択肢《せんたくし》が限られていた。

――これが最後なら……。

僕は震えてしまう唇《くちびる》を噛《か》みしめていたけれど、のろのろと手を動かし、どうにか黒川のベルトに手をかけた。汗《あせ》ばんだ指は上手く金具を外すことができない。

やっとのことでウエストをくつろげ、ファスナーを下ろし、布地をかきわけてその中のものを取り出した。

まだ、何の反応も示していないそれを捧《ささ》げ持ち、おずおずと口づける。

黒川が満足するよう上手くできるかどうかという不安はあっても、嫌悪《けんお》感は欠片《かけら》もなかった。

「ん……」

口の中に溢《あふ》れる唾液《だえき》を塗《ぬ》りつけながら、唇や舌でその形を探《さぐ》る。

僕は自分がされたときのことを思い出し、裏側を根元から舐《な》め上げ、括《くび》れた場所を唇で食《は》む。

稚拙《ちせつ》な技巧《ぎこう》にも少しずつ芯《しん》を持ち始めてきたことにほっとしながら、僕は愛撫《あいぶ》に熱を込めた。

「んぅ……んっ……」

髪にくしゃりと指が差し込まれ、顔を引き寄せられる。

舐めているだけでは物足りないのかもしれないと思い、口を開けて、ゆっくりと先端《せんたん》を飲み込んでいった。

括れた部分までを口に含《ふく》み、窪《くぼ》みを尖らせた舌先でつつく。ただでさえ大きい黒川のそれは、先端を吸い上げた瞬間にぐんと嵩《かさ》を増した。

「……んくっ……」

その存在感に思わず怯《ひる》んだけれど、僕は舌を絡《から》ませながら、ゆっくりと口の中に飲み込んでいく。精一杯《せいいっぱい》顎《あご》を開いて奥まで受け入れると、喉を突《つ》かれる苦しさに生理的な涙《なみだ》が滲《にじ》んだ。

それでも僕は、必死に口の中のものをしゃぶり、黒川を気持ちよくさせようとした。

「そうだ、もっと舌を使え。どこが気持ちいいのか、お前ならよくわかるだろう？」

「んん……ン、ふ……っ」

括れた部分や裏側の筋に舌を這《は》わせ、窄《すぼ》めた唇や口蓋《こうがい》で擦《こす》る。届かない場所は指を使い、苦いものが滲んできた先端を深く吸い上げ……微《かす》かに聞こえた黒川の吐息《といき》を頼《たよ》りに、思いつく限りのことは全《すべ》てやった。

だんだんと顎は怠《だる》くなり、口腔《こうこう》がジンと痺《しび》れたようになってくる。

黒川は、少しくらい感じてくれているのだろうか？

そう思った瞬間、びくりと黒川の欲望が跳《は》ねた。舌で感じる脈搏も、心なしか速くなってきている気がする。

「ぅ……っん、ん……」

夢中で口淫を施《ほどこ》している僕の体のほうが、熱を帯びてきていた。好きな人のものが、自分の愛撫で気持ちよくなってくれているのかと思うと、それだけで胸が熱くなる。

ふいに云いようのない愛《いと》しさが込み上げてきた。それと同時に体の中心がズクリと疼《うず》き、こめかみのあたりが重く、頭の中が煮立《にた》っているような錯覚《さっかく》さえ覚える。

微かに黒川の体が強張《こわば》りを見せたかと思うと、僕の髪を摑んでいた手に力が籠《こも》った。ぐっと頭を引き寄せられ、喉の奥まで昂《たかぶ》りが入り込んでくる。

「んむッ……ん…んぅっ」

乱暴に抜《ぬ》き差しされたあと、口腔からずるりと昂りが引き抜かれた。そしてその直後、顔に生温かいものが叩《たた》きつけられる。

「……あ……」

唇についた残滓《ざんし》を舐め取ると、青臭《あおくさ》い味が口の中に広がる。放たれた熱を顔にかけられたのだということに気づいたのは、しばらく経ってからのことだった。

「上手くなったじゃないか」

「……これで、僕を解放してもらえるんですか……？」

「誰がそんなことを云った？　俺は『考えてやってもいい』と云っただけだが？」

「そんな……」

黒川の言葉に、僕は愕然《がくぜん》とした。

乱れた衣服を自分の手で正した黒川は、ぐったりと力なく座り込む僕を見て鼻先で笑う。

「俺のをしゃぶっただけでこんなか？」

「あ…っ!?」

綺麗《きれい》に磨《みが》かれた革靴《かわぐつ》の先で張り詰《つ》めていた股間《こかん》を軽く押され、腰《こし》から力が抜ける。中途半端《ちゅうとはんぱ》に火がついた体は、より強い刺激《しげき》を求めて燻《くすぶ》っていた。

「そんな体で俺から逃げようだなんて、本気で云ってるのか？」

「……っ…く、あ……っ」

ぐいぐいと爪先《つまさき》を押し込まれ、焦燥感《しょうそうかん》が増す。一際《ひときわ》強く押された衝撃《しょうげき》で、溜《た》まっていた熱が爆《は》ぜてしまった。

下着の中にじわりと濡《ぬ》れた感触《かんしょく》が広がり、自分の情けなさに涙を滲ませる。

「イッたのか？　ずいぶんと堪《こら》え性《しょう》がなくなったもんだな」

「……っ」

「俺に抱《だ》いて欲しいんだろう？」

黒川の云うように、快楽に慣らされたこの体は他《ほか》の誰に抱かれても満足することはできないだろう。だけど、男に抱かれることを教え込んだ相手が欲しいわけじゃない。

好きな相手だからこそ、抱いて欲しいと思うのだ。

黒川は、それをわかっているのだろうか……？

「望み通り抱いてやるよ」

冷たく云い放たれた言葉が、胸に深い闇《やみ》をたたえた空洞《くうどう》を作る。

快楽の余韻《よいん》に浅い呼吸を繰《く》り返しながら、僕はただ呆然《ぼうぜん》と板張りの床《ゆか》を見つめることしかできなかった。

黒川は、力なく座り込んでいた僕を無理矢理立たせ、店に一つだけある四人がけのボックス席の革張りのソファーに連れて行った。

抗《あらが》う気概《きがい》もなく、僕は大人しくそこへ投げ出される。

「抵抗《ていこう》くらいしたらどうだ」

人形のような態度が気に入らないのか、黒川は苛立《いらだ》った様子でそう云ってきた。

けれど、云われたからといって気力が湧《わ》いてくるわけでもない。黒川を拒《こば》んだところで抱かれることには変わりがないのだ。

「…………」

目を伏《ふ》せたまま黙《だま》り込んでいると、小さな舌打ちが聞こえてくる。その直後、ソファーにうつ伏せにされ、下肢《かし》を覆《おお》っていた衣服を乱暴に剝《は》ぎ取られた。

「や……っ」

「そんなにお仕置きして欲しいのか？」

黒川は濡れた指で、無理矢理開かせた足の間を探ってくる。

だがそれは、異物を受け入れるようにはできていない器官を傷つけないように解《ほぐ》すためではなく、固く閉《と》ざした入り口をこじ開けるためだけの行為《こうい》だった。

「痛っ、く……っ」

窄《つぼ》まりに乱暴に指を突き立てられ、入り口が引き攣《つ》れる。痛みに収縮したそこを指で荒々《あらあら》しく搔《か》き回され、無理に内部を拡《ひろ》げられた。

二本に増やされた指が、体内でバラバラに動く。感じやすい場所を強く押されると、反射的に体がビクリと跳ねた。

「う……っ、ん…あ……っ」

指が抜かれ、腰を高く抱《かか》え上げられたかと思うと、熱くて硬《かた》いものが後ろの蕾《つぼみ》に押し当てられ、それが一息に入り込んできた。

「あぁあ……っ」

解されきっていなかった上、潤《うるお》いも足りなかったため、無理な挿入《そうにゅう》に僕は悲鳴を上げた。入り込んできた熱塊《ねっかい》は狭《せま》い器官をめいっぱいに押し拡げ、体を軋《きし》ませる。そんな状態だというのに、黒川は僕の体が慣れるのを待とうとはせず、好きに腰を穿《うが》ってきた。

「いっ、あ、や……っ、ぁあ…っ」

初めてのときのように性急に開かれた体は酷《ひど》い痛みに苛《さいな》まれ、容赦《ようしゃ》のない突き上げは、僕の体を引き裂《さ》こうとする。

僕はソファーに爪《つめ》を立てて、激しい痛みに耐《た》えようとした。

「あ……っ、う、く……っ」

奥歯を噛《か》み、必死に声を噛み殺すけれど、呻《うめ》きとも喘《あえ》ぎともつかない声が止め処《ど》なく喉《のど》から零《こぼ》れ落ちた。

「……くっ…あ…」

それなのに——意に染まぬ苦痛を伴《ともな》う行為だというのに、黒川に抱かれているという事実に心のどこかで喜んでいる自分がいる。

所有物としての扱《あつか》いだとしても、僕に執着《しゅうちゃく》を見せ、いまだけは僕のことだけを考えてくれていることが嬉《うれ》しかった。

「そんなに締《し》めるな。食いちぎる気か？」

「あ…っ、あっ、あ……っ」

後ろから覆い被《かぶ》られ、服の上から体をまさぐられる。布越《ご》しに胸の尖《とが》りを探《さぐ》り当てられ、キツく指で摘《つま》まれた。

敏感《びんかん》なそこを執拗《しつよう》に捏《こ》ねられ、意識を逸《そ》らされる。その隙《すき》に、黒川は繋《つな》がった場所を深く抉《えぐ》ってきた。

「あぁあ…ッ」

解されもせずに楔《くさび》を穿たれた蕾は引き攣れ、強引《ごういん》な抜き差しにひりつく。それでも、内側の粘膜《ねんまく》は黒川の欲望に絡《から》みつこうとしていた。

「んっ……、あ…ぁあ……っ」

ギリギリまで引き抜かれた熱を勢いよく押し戻《もど》される。そうやって何度も何度も最奥《さいおう》を突《つ》かれ、粘膜を擦り上げられていると、少しずつ苦痛が和《やわ》らいできた。

「はっ……あ、んっ…ん——…っ」

零れる吐息が艶《つや》を増していくのが、自分でもよくわかる。

どうしても漏《も》れてしまう嬌声《きょうせい》が嫌《いや》で、僕は自分の指を噛んだ。しかし、快楽に麻痺《まひ》した体は、その痛みにすらゾクゾクと打ち震《ふる》えてしまう。

震えは背筋を伝い、尾《び》てい骨まで落ちていった。伝わった快感に黒川の昂《たかぶ》りを受け入れた粘膜がわななき、物欲しげに絡みつく。

それに応《こた》えてか、体内を抉る動きは一層激しさを増した。

「やぁ……っ、あっ、あぅっ……」

ガクガクと揺《ゆ》さぶられ、上擦《うわず》った声が止め処なく溢《あふ》れ出す。内壁《ないへき》を擦《こす》られ、奥を突き上げられ——追い上げられた僕は、あっさりと上り詰めてしまった。

「あー…っ」

革張りのソファーにぱたぱたと白濁《はくだく》が散る音が聞こえ、それとほぼ同時に、体の奥にも熱が放たれる。

触《ふ》れられずに達してしまった自身は、未《いま》だ芯《しん》を失うことなく、絶頂の余韻に小刻みに震えている。それどころか、腰の奥にわだかまる熱は、快楽をもっと貪《むさぼ》りたいと疼《うず》いていた。

「俺なしではいられないということがわかっただろう。いい加減、前言を撤回《てっかい》する気になったか？」

「……っ」

黒川の言には頷《うなず》くことができず、僕は歯形のついた指を強く嚙む。口の中に微《かす》かに血の味が広がったけれど、いまの僕にはそんなことどうでもよかった。

「本当に頑《かたくな》だな。その気概がいつまで持つか、見物だな」

呆《あき》れと怒《いか》りの混じった声が、霞《かす》みがかった意識の向こうから聞こえる。

口調とはうらはらに、黒川の態度に焦《あせ》りが見えるのは気のせいだろうか？

いや…気のせいに決まっている。そんなことはありはしない。きっと僕の願望がそう見せているだけだ。

「……っあ⁉」

意識の隅《すみ》でそんなことを考えていると、突然《とつぜん》、ずるりと硬いものが引き抜《ぬ》かれた。喪失感《そうしつ》に下腹部が痙攣《けいれん》し、くわえるものがなくなった蕾はヒクヒクと打ち震える。

「や……何…⁉」

容易に体を返され、両足を深く折り曲げられた。露《あら》わにされた蕾に、再び熱いものを突き立てられる。

「ぁああ…っ！」

さっきとは違《ちが》う角度で貫《つらぬ》かれ、走り抜けた感覚に僕は目を見開いた。

中に放たれた体液で、引き攣れるような痛みはなくなって、そのぶん快感が増している。体がずり上がっていくほどの激しい突き上げに、内臓がせり上がっていくような圧迫感《あっぱく》があったけれど、どうしようもなく気持ちいい。

「ぅ…んっ、あっ、は、あっ……」

腰《こし》を打ちつけられる度《たび》に、勃《た》ち上がった欲望の先が黒川の服に当たって擦れる。黒川は、滴《したた》る体液に濡《ぬ》れそぼったそれに指を絡め、キツく扱《しご》いてきた。

欲しかった刺激《しげき》を与《あた》えられ、怖《こわ》いくらいに感じてしまう。強烈《きょうれつ》な快感は、僕の頭の中を真っ白にした。

「んぅっ……んん……っ」

高い声を零す唇《くちびる》をキスで塞《ふさ》がれ、僕は夢中になってそれに応える。黒川の背中に腕《うで》を回し、自分からより深い口づけを求めた。

乱暴に貪られ、強く吸い上げられた舌先がチリチリと痺《しび》れ、掻き回される口腔《こうこう》は麻痺したようになる。混じり合った唾液《だえき》をこくりと飲み込んだが、唇の端《はし》から一筋伝い落ちていってしまった。

「はっ……あ、黒川さ……」

キスの合間に名前を呼ぶと、繋がった部分をより激しく揺さぶられる。

深く抉るように腰を使われ、深い場所を突き上げられた僕は、喉から甘ったるく掠《かす》れた嬌声を迸《ほとばし》らせた。

すでに理性は遠く、お互《たが》いを求め合うことしか頭にない。

「……奈津生」

掠れた声で囁《ささや》かれ、胸が酷く締めつけられた。

そんなふうに呼ばれると、まるで黒川に愛されているような錯覚《さっかく》に陥《おちい》ってしまう。熱い視線で見つめられると、この瞳《ひとみ》には僕だけが映されているのだと都合のいい幻想《げんそう》を抱《いだ》いてしまう。

それが僕の願望でしかないことくらい、自覚している。

けれど、この腕に抱かれている短い間くらい、幸せな幻想に浸《ひた》っていても許されるはずだ。

「あっ……黒川さ…ん」

愛《いとお》しさに押し潰《つぶ》されそうになりながら、僕は霞む意識の中で自分を苛む男の名を呟《つぶや》いた。

甘く掠れたその声は淫《みだ》らな行為《こうい》の中でかき消え、欲望に飲み込まれていってしまう。けれど、僕は熱に浮《う》かされ、何度も何度もその名前を口にした。

本当に口にしたい気持ちの代わりに。

――この人が好きだ。

誰《だれ》よりも、愛してる。

だからこそ、側《そば》にいることが辛《つら》くなる日が来るなんて、思いもよらなかった。

この苦しさは、惹《ひ》かれてはいけない相手に恋《こい》をしてしまった罰《ばつ》だろうか？

閉じた目蓋《まぶた》の端から温かな雫《しずく》が零れ落ちたことに、黒川が気づくことはなかった。

3

どこからか、水の流れる音が聞こえてくる。

雨だろうか？　今週は晴れ続きだと、夕方のニュースの天気予報で云《い》っていたはずなのに。

そうぼんやりと思いかけ、それが浴室から聞こえてきていることに気がついた。

水音の正体がシャワーの音だと認識《にんしき》すると、徐々《じょじょ》に意識がはっきりとし、ここが自分の部屋だということがわかる。

――そうだ……さっき……。

全《すべ》てを思い出し、反射的に体を起こすと手酷《てひど》い行為で傷ついた体がズキリと痛んだ。

「い……っ」

痛みが落ち着くのを待ってから、そろそろと手足を動かし、バスローブに包まれた自分の体を確認する。

強く摑《つか》まれた足には黒川の指の跡《あと》がくっきりと残り、あちこちに散らばる鬱血《うっけつ》が陵辱《りょうじょく》の痕跡《こんせき》を生々しく残していた。

店で抱かれ気を失った僕を、きっと黒川がここまで運んだのだろう。

いったいどれほどの間、気絶していたのだろうかと時計を見ると、思ったほど時間は経過していなかった。

「…………」

意識のない僕を、黒川はいつも丁重《ていちょう》に扱う。

それまでの乱暴な行為が嘘《うそ》のように、いつでも起きたときには身綺麗《みぎれい》になっており、ときには傷跡《きずあと》に薬が塗《ぬ》り込まれているときさえあった。

だがその優《やさ》しさも、黒川の執着《しゅうちゃく》の対象が『僕』ではなく『僕の体』なのだとしたら、全てが腑《ふ》に落ちる。

こんな現実に気づきたくなんてなかったのに……。

「……痛い」

胸が、痛い。

心臓が切り裂《さ》かれたのではないかと思うほど、鋭《するど》い痛みが僕を苦しめる。

人を好きになることがこんなにも辛いことだったなんて、黒川に出逢《であ》うまで知らなかった。

いままで経験してきた恋なんて、上辺だけのままごとのようなものだったのかもしれない。

僕はこれまで、恋に溺《おぼ》れて振《ふ》り回されるような人間を、別の人種のように感じてきた。他人への想《おも》いで我を失うほどに身を焦《こ》がす、という感覚が理解できなかったのだ。

そんな僕がいまはみっともないくらい、黒川に溺れきっている。

まるで僕が僕でなくなってしまったみたいだ……。

黒川の側にいると、自分の感情を制御《せいぎょ》できなくなってしまう。

本当に、それでいいのか？

このままでは、恋と肉欲に溺れるだけの生き物になってしまうのではないだろうか？

「………っ」

――いまなら、まだ間に合う。

心のどこかから、そんな囁きが聞こえてくる。

そう、確かに逃《に》げ出すならいまだ。黒川がシャワーを浴びているいまのうちなら……。

黒川のいる浴室に意識を向けて様子を探《さぐ》ると、水音はまだ止《や》みそうになかった。その音を意識しながら、僕は何かに急《せ》かされるようにして服を身に着ける。

「………」

そして――こくりと喉《のど》を鳴らした僕は、無我《むが》夢中で部屋を飛び出していたのだ……。

がむしゃらに足を動かし、帰宅時のため増えてきた人の波を掻《か》き分けて、僕は走る。

できる限り遠くへ行こうと、駅でポケットに入っていた小銭《こぜに》で切符《きっぷ》を買うと、学生時代に乗り慣《な》れた私鉄に飛び乗った。

発車ギリギリだった電車は、僕の背後でドアが閉まる。夕方ではあったけれど、土曜日のせいか押し潰されそうなほどの混雑ではない。

しかし、いかにも勤め人といったスーツの男性や女性、オシャレでカジュアルな服装の若者たちの中で、手ぶらで軽装な自分はあからさまに浮いた存在だった。

呼吸が落ち着いてくるにつけ、自分の取った行動の不可解さがおかしく思えてくる。

……何をしてるんだ、僕は？

行く場所もなく、頼《たよ》る相手もいないというのに、黒川から逃げてどうするつもりなんだ？

辛いことから目を逸《そ》らしたって、何の解決にもならないのに……。

ドアにもたれかかり、窓の外を流れる景色に目を向ける。

夕暮れに染まる懐《なつ》かしい光景も、駅周辺は様変わりをし、見知らぬ土地へと変わっていた。

僕の通っていた高校は、この私鉄の沿線にある。

当時、とある地方で家族と暮らしていた僕が、わざわざこの都心の高校に来ることになったのは、どうしても自分の通った高校に息子《むすこ》を通わせたいという父の願いからだった。

そのため、高校時代は学校近くの寮《りょう》に入って生活していたのだけれど、外部受験をして国立大学へ進学したあとも、寮の近くにアパートを借り、そこから通学していたせいでこの私鉄への馴染《なじ》みは深い。

「……っ」

――あの頃《ころ》までは平和だったな……。

家を出てしまったために年に数回しか会わなかったけれど、両親も存命していたし、僕も将来に希望を馳《は》せていた。

そんな平穏《へいおん》な生活の歯車が狂《くる》ってしまったのは、いつのことだっただろう。

大学在学中に両親が交通事故で亡《な》くなってから、よくないことばかりが続くようになった気がする。

葬儀《そうぎ》のために実家に帰省してみれば、父の経営していた会社は親戚《しんせき》に乗っ取られ、借金をしていたからという名目で、家や土地の権利も奪《うば》われていた。そして、四十九日がすんだあとほぼ身一つで放《ほう》り出された形となった僕は、必要最小限の荷物だけで東京に帰るはめになった。

だが、彼らの仕打ちをいつまでも恨《うら》みに思ってはいない。それどころかいまは、反りの合わない親族と縁《えん》が切れて清々しているくらいなのだ。

それに、両親が僕名義で残してくれていた預金で学費は賄《まかな》えたため、大学に通い続けることもできたし。幸運にも翌年、就職難と云われる中、とある商社に就職することができた。

順風満帆《じゅんぷうまんぱん》。ようやく訪《おとず》れた平穏な日々。

――ところが、そこには思ってもみない人生の落とし穴が待っていたのだ……。

あれは入社して一年もしない頃だったと思う。

僕は、上司絡《がら》みのトラブルに巻き込まれた上、信頼《しんらい》していた同僚《どうりょう》の裏切りと失踪《しっそう》で退社に追い込まれてしまったのだ。

おまけに、その同僚の借金の保証人にもなっていたため、こつこつと貯《た》めた金も両親の残してくれた預金も、質《たち》の悪い金融《きんゆう》業者に全て奪われてしまった。

再び全てを失った僕は――いま考えると情けないのだが――人というものが信じられなくなり、人生までを悲観して、いっそ命を絶ってしまおうかとすら考えていた。

そんなふうに自暴自棄《じぼうじき》になっていたとき、僕を拾ってくれたのが店の前オーナーだった。

人を信じることに臆病《おくびょう》になっていた僕に、一からバーテンの仕事を仕込んでくれ、技術を必要とする仕事の楽しさを教えてくれた。いまの僕があるのは、あの人がいてくれたからとしか思えない。

そして黒川に出逢えたのも、あの店があったから――。

何もかもをなくした僕に、人の温《ぬく》もりや誰《だれ》かを好きになる気持ちを思い出させてくれたのは、あの小さな店だった。

陳腐《ちんぷ》な感傷でしかないことはわかっているけれど、僕にとっては宝物のようなものなのだ。

「……あ……」

気がつくと、電車は母校の最寄《もよ》り駅に到着《とうちゃく》していた。見慣れた光景に、何となくほっとした気持ちになった僕は誘《さそ》われるようにして、ホームへと足を踏《ふ》み出す。

どうせ、行く当てなどないのだから、寄り道くらいしても構わないだろう。

改札を出て、駅の階段を降りると、夕暮れはだいぶ闇《やみ》に侵食《しんしょく》されて夜がすぐそこまで迫《せま》ってきていた。辺りに学生服を来た人影《ひとかげ》は見えない。ちらほらと通り過ぎるのは、家路を急ぐサラリーマンや買い物帰りの主婦ばかりだ。

「……あそこまで行ってみるか」

ここまで来たのだから、何もしないで帰るのは勿体《もったい》ない気がする。

きっと、この時間なら生徒も帰宅してしまっているだろうし、万が一、教師に見つかったとしても、卒業生だと云《い》えば咎《とが》められることはないだろう。

一番始めに行きたいと思ったのは、校舎の裏。初めて黒川と出逢った思い出の場所だった。

「ええと…」

人気《ひとけ》のない校内を記憶《きおく》を辿《たど》りながら、懐かしい気持ちで歩いていく。

生徒だったときは使わずにいた禁止されている近道を通り、第二校舎の裏手に出る。

「ここだったよな」

すっかり夕闇が迫ってきているせいで雰囲気《ふんいき》が違《ちが》って見えるけれど、壁《かべ》に描《えが》かれた落書きは昔のまま残っていた。

黒川は入学式だというのに、ここに寄りかかり、煙草《たばこ》を吹《ふ》かしていたんだっけ。

「あのときから、目つきが悪かったよな……」

当時の黒川を思い出し、少し微笑《ほほえ》ましい気持ちになった。注意したらびっくりしていたけれど、気まずい顔をしながら、僕のあとについてきたことを覚えている。

あのバツの悪そうな顔を思い出していたら、思わず笑いが込み上げてきてしまった。あんな不遜《ふそん》な男にも、子供だった頃があるのだということが可笑《おか》しく思える。

「まさか、あの子とこんな関係になるなんてね……」

いまでも信じられない気持ちがどこかにある。

それに、一時は人間不信になりかけたこの僕が、自分の手には負えないほどの気持ちで、誰かを好きになる日がくるとは思いもよらなかった。

ましてや自分の気持ちが怖《こわ》くなり、衝動《しょうどう》的に飛び出してきてしまうなんて、少なくとも高校生のときの僕には考えられないことだった。

「でも、どうしよう……」

考えなしにここまで来てしまったけれど、荷物などもあるのだから一度は戻《もど》らなければならない。

でも、どんな顔で戻ればいいのだろう？

きっと罵《ののし》られ、許して貰《もら》えないに決まっている。

愛想《あいそ》を尽《つ》かされて、拒絶《きょぜつ》されてしまう可能性だってある。

「……くっ……」

ポケットに入っていた小銭はほとんど切符に使ってしまったし、残金でできることと云ったら、せいぜい安いコーヒーを飲むことくらいだ。

せめて財布《さいふ》くらいは持ってくればよかったけれど、あのときはそんな気持ちの余裕《よゆう》もなかったんだよな…。

「あ……」

電話で思い出したけれど、そういえば、携帯《けいたい》も持ってきていない。

黒川や店のナンバーは全《すべ》てあれに登録してあるし、暗記しているのは自分の携帯ナンバーくらいだ。自分のにかけてみてもいいけれど、果たして黒川は気づいてくれるだろうか？

それよりも、これ以上何を話せばいいのかわからない。

考えなしな自分の行動のツケは、結局、自分に返ってくるのだということか……。

「……どこに行こう」

いつまでも校内にいるわけにはいかない。寮に行って頭を下げれば、もしかしたら一晩くらい泊《と》めてくれるかもしれないけれど、そんな迷惑《めいわく》をかけるわけにはいかないし。

とりあえず、駅前にあるファストフード店で時間を潰《つぶ》すしかないか……。

せめて、気持ちの整理がつくまでは。

そう決めた僕は、駅まで戻ることにした。すっかり暗くなってしまったため、街灯のない近道を引き返すのは諦《あきら》め、校舎の正面から延《の》びる街灯のある道を選ぶ。

「ホント、懐かしいな」

慣れ親しんだルートを歩いていると、楽しかった思い出が蘇《よみがえ》ってくる。校門まで来た僕は、思わず歩いてきた道を振《ふ》り返った。

親の庇護《ひご》を受け、豊かな環境《かんきょう》を当たり前のものとして甘受していたけれど、あの頃の自分はそれがどれだけ幸せなことかということに気づかないでいた。

当時の友人たちはどうしているだろう？

連帯保証人として全てを取り上げられることが決まったとき、業者の手に渡《わた》って問題が起きることのないよう、アドレス帳関係のものは全て処分してしまった。だから友人たちとは連絡《れんらく》の取りようがないし、向こうも僕の消息を知らないだろう。

そんな中で現在、唯一《ゆいいつ》関《かか》わり合いになっている学校関係者が、黒川だと思うと何だか可笑しい。

「一応、後輩《こうはい》だもんな」

でも、もしも高校時代に黒川と親しくなっていたら、もっと違う関係が築けていただろうか？

そうやって、現実逃避《とうひ》気味に思い出と空想に浸《ひた》っていると、ふいに僕を呼ぶ声がした。

「奈津生さん？」

聞き覚えのある呼びかけに、誰の声だったかと首を捻《ひね》りながら振り向いた僕は、そこにいた人物に驚《おどろ》かされた。

「古城さん!? どうしてこんなところに……」

黒川の秘書である古城が、何故《なぜ》こんな場所にいるのだろう?

まさか、自分を追いかけてきたとか――?

いや、さすがにそれはないだろう。僕の体に発信機でも埋《う》め込まれていない限り、行き先がわかるはずがない。

「私はとある方のご命令で忘れ物を取りに来ただけですよ。そう云う奈津生さんはどうしてこちらに? とうとう黒川から逃《に》げ出してきたんですか?」

「いえ、その……」

お金がなくて帰れないなどと間抜《まぬ》けなことを口にするのも恥《は》ずかしく、しどろもどろに言葉を濁《にご》すと、古城は勝手に事情を慮《おもんぱか》ってくれた。

「あの人の横暴さに耐《た》えかねたといったところですか? お察しします」

「は、はあ……」

雰囲気的に違うとも云い出せず、曖昧《あいまい》な返事をしてみた。

私的な用事でも黒川に扱《こ》き使われている秘書の古城なら、何かしらの指示が行っていると思ったが、そういうことはないらしい。

飛び出してからしばらく経《た》っているし、黒川が僕の不在に気づいていないはずはない。不思議に思った僕は、恐《おそ》る恐る訊《たず》ねてみた。

「あの、黒川さんは僕のこと何か云ってなかったんですか…?」

「いえ、昼すぎに別れてからは何も」

「そう…ですか……」

もう、僕のことなんてどうでもいいということかもしれないな……。

一番身近なこの人に言ってないとなると、追い出す手間が省けてよかったとでも思ってる可能性が高い。

「さしずめ、普段《ふだん》から偉《えら》そうなことを云っておいてあなたに逃げられただなんて、格好悪くて私に知られたくなかったんでしょう」

「……そういうものでしょうか？」

でも、黒川がそんなふうに思うとは、僕には考えられない。

多分、勝手に飛び出した上に、体《てい》よく厄介払《やっかいばら》いされた愛人の身の上に同情して、古城は慰《なぐさ》めてくれているのかもしれない。

「これから、どうするつもりだったんですか？」

「駅前のファストフードにでも、と……」

「奈津生さんがファストフード！　あまり想像のつかない図ですね」

「そ…そうですか…？」

似合う似合わないがあるのだろうか？　殊更《ことさら》メニューが好きというわけではないけれど、お金のない学生時代はよく行ったものだ。

「行き先が決まっていないのなら、とりあえずはウチに来ませんか？　雨露《あめつゆ》はしのげますし、部屋は余ってますから」

「でも……」

このまま古城の厚意《こうい》に甘えてしまってもいいのだろうか…？

できることなら彼の家ではなく、店のほうに送ってもらうことができれば、荷物を取ってくることも可能なのだけど……とにかく、今はどんな顔で黒川に会えばいいのかがわからない。

まだ、気持ちの整理がついていないのだ。

「手のかかる子犬を一匹《ぴき》預かっているんですが、私も仕事が忙《いそが》しくて相手ができなくて困っていたところでして。できたら、奈津生さんに面倒《めんどう》を見ていただければ助かるんですが……」

「子犬ですか……」

それは、悩《なや》んでいた僕の気負いを減らそうとして、申し出てくれた台詞《せりふ》なのかもしれない。

こんなときに仮にも黒川の秘書である男に頼《たよ》ってもいいのだろうかと思う気持ちもあったけれど、実際のところ行き先には困っていた僕は、古城の申し出に甘えてしまうことにした。

「……わかりました。お願いできますか？」

おずおずと申し出ると、古城はにこりと笑って近くに停《と》めてあった車の後部座席のドアを開けてくれた。

「どうぞ。黒川の車よりは乗り心地《ごこち》が悪いかもしれませんが」

小一時間ほどで到着《とうちゃく》した古城の自宅が入っているという建物は、黒川のところほどの豪勢《ごうせい》さはないけれど、見るからに高そうなデザイナーズマンションだった。

案内されるがままについて行き、施錠《せじょう》を解いた玄関《げんかん》に入るよう促《うなが》される。すると突然《とつぜん》、奥から怒声《どせい》が飛んできた。

「遅《おそ》い！」

……子供？

怒《いか》りに満ちたその声は、どことなく幼い。古城は家に子犬がいるとは云《い》っていたが、子供がいるとは一言も云っていなかったはずだ。

メゾネットタイプらしく、玄関ホールには上の階へと続く階段があるのだが、その幼い声は上から響《ひび》いているようだった。

徐々《じょじょ》に乱暴な足音が近づいてきたかと思うと、更《さら》に苛々《いらいら》とした怒鳴り声が再び降ってくる。

「いったい、どこに行ってたんだよ!!」

どすどすと響く足音に下階の住人のことが心配になるが、彼にはそんなことを気にするつもりは全くないらしい。

歳《とし》は高校生くらいだろうか？

華奢《きゃしゃ》な体格と硝子《ガラス》細工のような繊細《せんさい》な顔立ちに、一瞬《いっしゅん》、女の子なのかと思ってしまったけれど、さっきの声は確かに声変わりをしたばかりの少年特有のものだった。

しかし、何故こんな男の子が古城の家にいるのだろう？

子供……ということはありえないだろうし、親戚《しんせき》という雰囲気《ふんいき》にも見えない。

「どこと云われましても、忘れ物を取りに行ってこいと仰《おっしゃ》られたのは、あなたでしょう？」

「マジで行ってきたのか⁉」

「ええ。お申しつけ通り、教科書をお持ちしました」

古城はさらりと答えながら、目の前まで来た彼に手に下げていた紙袋《かみぶくろ》を渡す。

ちらりと覗《のぞ》いた紙袋の中味は、古城が云う通り教科書の類《たぐ》いのようだった。

そして、ぶつぶつ云いながらそれを受け取った彼は、おもむろに僕の顔に視線を向け、不機《ふき》嫌《げん》そのものの声で云う。

「で、そいつ誰《だれ》？」

敵意に満ちた瞳《ひとみ》で睨《にら》まれ、僕は戸惑《とまど》った。

明らかに邪魔《じゃま》だと云わんばかりの態度だ。初対面で敵意を向けられることはあまりないのだが、何がまずかったのだろう？

心の中で首を傾《かし》げた僕は、一つの可能性に思い当たった。

もしかして、彼は古城のことが好きなんだろうか――？

「あんたも何でノコノコこんなとこまでついてきてるわけ？」

「この方は龍二さんの大事な方ですよ。失礼なことは云わないようにして下さい」

「こ、古城さん⁉」

前置きもなく説明された内容に、僕は声が裏返ってしまった。

黒川との関係をバラされたことも問題だったが、それよりも、今はもう僕が『黒川の大事な方』ではないことのほうが問題かもしれない。これでは嘘《うそ》を云っているようなものだ。

「どうかしましたか？」

「…………いえ…」

だが、上手《うま》いフォローが思いつかず黙《だま》りこくっていると、彼はジロジロと僕を観察し始めた。

「ふぅん、あんたが〝奈津生〟なんだ」

「え…？」

どうして、いまの古城の言葉から僕の名前が導き出されるのだろう？

そういえば、古城は彼に向かって『龍二さん』と云っていた。ということは、この男の子は黒川の関係者ということか？

「一度、見てみたいと思ってたんだよね。兄貴のやつ、ケチって見せてくんないんだもん」

「あ…兄貴…？？？」

「ああ、すいません。紹介《しょうかい》がまだでしたね。彼は黒川の弟さんなんです」

「弟⁉……ずいぶんと歳《とし》が離《はな》れてるんですね」

彼の顔には黒川の面影《おもかげ》はカケラほどしかなく、本当に血が繋《つな》がっているのかと疑いたくなるくらいだ。

それにしても、まさか黒川にこんな歳の離れた弟がいたなんて――。

「何か文句でもあんの？　ケンカなら買うけど」

「い、いえ……」

顔に似合わず、口が悪い。黙っていれば美少女で通用するほどなのに、口を開いてしまうと台なしだ。

「人の家でケンカなんてしないで下さい。すいませんが、車に携帯《けいたい》電話を忘れてきてしまったので、私の代わりに奈津生さんを中に案内していただけますか？」

「え～、俺がぁ？」

「お願いしますね」

古城は彼の反論を受けつけることなく、さっさと玄関の向こうに消えてしまった。二人きりで取り残され、気まずい空気が漂《ただよ》う。

だけど、携帯電話なんて車の中に残っていただろうか？

車の中の様子を思い出していると、ぞんざいな態度で呼びかけられた。

「……仕方ないなぁ。案内するだけだからな。ほら、ついてこいよ」

さっき、全然似ていないと思ったが、態度の大きいところはそっくりだ。容姿がかわいらしいぶん、微笑《ほほえ》ましく思えてしまうけれど。

「……失礼します」

慌《あわ》てて靴《くつ》を脱《ぬ》ぎ、フローリングに足を踏《ふ》み出す。ぶちぶちと文句を云う彼のあとについて階段を上ると、二階はカウンターキッチンのついた広いリビングになっていた。

部屋の真ん中にクリーム色のソファーがあるだけで、ほとんど何も置いていない。彼は勝手知ったる他人の家と云わんばかりに、そのソファーにどっかりと腰《こし》を下ろす。

「何か飲みたかったら、勝手にやって。その棚《たな》にお茶とかコーヒーとか入ってるから」

「はあ……」

彼の隣《となり》に座るのも躊躇《ためら》われ、手持ち無沙汰《ぶさた》を誤魔化すためにキッチンに立ってみた。教えてもらった棚を覗くと、白いティーポットの横に何種類もの紅茶の缶《かん》が並んでおり、彼はコーヒーもあると云っていたが、それはインスタントだけだった。古城は紅茶派なのかもしれない。

既《すで》に開いている缶を取り出し、心の中で古城に断りを入れながら二人分のお茶を淹《い》れて運んでいくと、またもやジロリと睨まれてしまった。

嫌《きら》われてしまったんだろうか。好きな相手が気安く自宅に連れてきたということが気に食わないのかもしれない。

「ご機嫌取りのつもり？」

「このくらいで機嫌が取れるんですか？」

真面目《まじめ》に告げると、彼は一瞬きょとんとしたあと派手に噴《ふ》き出した。

僕は何か可笑《おか》しなことを云っただろうか？

「お前、ヘンなやつだな。普通《ふつう》『そんなつもりじゃありません』とかって云うもんじゃん？」

「そうですか？」

「そうだよ。だいたい、兄貴に取り入ろうってやつは、俺の機嫌を取ろうとすんだよね。下手なお世辞云ったり餌《え》づけしようとしたり、色目使ったり――あ、美味《おい》しいっ」

喋《しゃべ》りながら過去を思い出しているのか彼はどんどん不機嫌になっていたが、一口紅茶を啜《すす》ったあと、ぱっと表情を変えた。

笑ったり怒《おこ》ったり、忙《いそが》しい子だ。けれど、そのはっきりとした喜怒《きど》哀楽《あいらく》ぶりはとても好感が持てた。

「古城が淹れるのと同じ味がする！　どうやったんだ？」

「喜んでもらえて光栄です。お茶は丁寧《ていねい》に淹れてあげれば美味しくなるんですよ。あとで教えてあげましょうか？」

「うん！」

にこにこと笑う彼の顔は実に可愛《かわい》い。周囲の状況《じょうきょう》から警戒心《けいかいしん》が強くなってしまったようだけれど、実際は人なつこい性格のようだ。

それにしても、本当に尊大な態度以外は黒川に似ていない。睫《まつげ》も長いし、全体的な色素も薄《うす》い。顎《あご》のラインにもまだあどけなさが残り、手足も少年特有のひょろ長さがある。

話を聞いていると兄弟仲は悪くないようだし、こんな弟なら黒川もさぞかし可愛がっていることだろう。

「何だよ、人の顔ジロジロ見て」

「あ、すいません」

「何か云《い》いたいことでもあるわけ？」

すぐにむすっとした表情になってしまい、思わず苦笑《くしょう》してしまう。

下手な誤魔化しも通用しないと思い、僕は正直に考えていたことを口にした。

「その、黒川さんにあまり似てないんだなと思って」

もしかしたら他人《ひと》から云われたくないようなことだったかもしれないと危惧《きぐ》したけれど、彼はけろっとした顔で応《こた》えた。

「ああ、そんなことか。だって、兄貴と俺、腹違《はらちが》いだし」

「え？　そうだったんですか……」

やはり、まずいことを聞いてしまったと内心慌てる。黒川からは家族のことは一切《いっさい》聞いたこ

とがなかったので、母親の件は初耳だった。

思春期の男の子にさせるには重たい話になってしまったと後悔《こうかい》したが、彼は世間話をするような口調で事情を説明し始めてしまう。

「あんたになら云ってもいいかな。俺の母親は愛人だったんだけど、兄貴の母親と親父《おやじ》が離婚《りこん》したあと後妻に納まって、俺もそれについてきたわけ。……何、辛気《しんき》くさい顔してんの？」

「気軽に聞かせてもらうような話じゃなかったですね、すいません」

「気にしなくていいよ。円満離婚みたいだからドロドロした関係にはなってないし、俺は兄貴ができて嬉《うれ》しかったし」

「仲いいんですね」

「うん。だって、兄貴カッコいいじゃん。あんたもそう思うだろ？」

「ええ、とても」

僕は心の底から頷《うなず》いた。

どんなに傲慢《ごうまん》な性格で、再会が最悪な形だったとしても、黒川には抗《あらが》えない魅力《みりょく》がある。思わず目を奪《うば》われてしまう容姿や野性的な風貌《ふうぼう》だけではなく、いくつもの修羅場《しゅらば》をくぐり抜《ぬ》けてきたという雰囲気《ふんいき》が黒川の中から滲《にじ》み出ているのだ。

「俺もあんなふうな大人になりたいんだよな。……いまはまだ貧弱《ひんじゃく》だけどさ」

キラキラとした瞳《ひとみ》で夢を語られ、僕は口元が綻《ほころ》んでしまった。

男として惹《ひ》かれるような人間になるためには、必ずしも黒川と同じように危険なことをしなくてはいけないわけではない。

黒川の弟である以上、もしかしたらこの子も必要《ひつよう》に迫《せま》られて同じような仕事に就《つ》くことになるかもしれないけれど……。

「……なれるといいですね」

「サンキュ、奈津生さんって話がわかるじゃん。俺が云うと古城なんかは鼻で笑うんだぜ？」

「それは酷《ひど》い…」

拗《す》ねた口調で語るその表情に、僕は思わず苦笑してしまう。

危険なことをして欲しいとは思わないけれど、憧《あこが》れるものに近づきたい気持ちは、僕もわかる。だから僕には笑ったりなんかできない。この子の願いが叶《かな》うといいとさえ、思ってしまうのだ。

あれ…そういえば、この子の名前を聞いていない……？

「ところで、名前を訊《き》いてもいいですか？」

ふいに名前を聞いていなかったことを思い出して、僕はタイミングを計って尋《たず》ねてみる。

「あれ、云ってなかったっけ？　俺は黒川彬《あきら》。彬でいいよ、奈津生さん」

「え？」

僕は、彼の自己紹介《しょうかい》に、思わず大きな声を出してしまう。なぜならそれは、つい最近聞いたばかりの名前と同じで――。

「……もしかして、昨日いなくなったっていうのは……」

「何で知ってんの？　あっ、兄貴が余計なこと云ったんだろ⁉」

彬的にはあまり知られたくないことだったのか、照れ隠《かく》しに語気を荒《あら》らげる。

「たまたま一緒《いっしょ》だったときに、古城さんから連絡《れんらく》が来たんです。黒川さん、血相変えて飛び出して行きましたよ」

あのときの反応は、弟の身を心配したが故《ゆえ》のものだったのか……。

大事な肉親がトラブルに巻き込まれたとあっては、動揺《どうよう》するのも無理はないだろう。そんな事情があったなんて、僕は全然知らなかった。

「そっか。ちょっとドジっちゃってさ、兄貴にも迷惑《めいわく》かけちゃったし、さすがに反省した」

「何だか、大変だったんですね……」

何があったのかはわからないが、あの黒川が慌てていたということは、些細《ささい》なトラブルではなかったのだろう。

しゅんとなっている彬にそう声をかけると、ぱっと顔を上げ、誰《だれ》かに話したくて仕方がなかったのか勢い込んで話し始めた。

「聞いてくれる⁉　色々あって親父とケンカしたから家にいたくなくて外をふらふらしてたらさ、ヘンなやつらに捕《つか》まっちゃったんだよね。その場で騒《さわ》ぐと面倒《めんどう》なことになりそうだったし、家にも帰りたくなかったから、まあいいかと思って連れて行かれたわけ」

「……………」

あっけらかんと語っているけれど、それはかなりヤバいことに巻き込まれていたということではないだろうか？

それを、『まあいいか』ですませているあたりがやはり大物なのか……？

「それがさ、何かそいつらが親父とか兄貴の仕事の邪魔《じゃま》してるやつらだったんだよね。親父はともかく兄貴には迷惑かけたくなかったから、隙《すき》を見て逃《に》げ出したんだけど、部屋を抜け出したところで見つかっちゃって」

「だ、大丈夫《だいじょうぶ》だったんですか!?」

大丈夫じゃなかったら、こんな場所でピンピンしていないとは思うが、僕はそう訊かずにはいられなかった。

こんな子供が、そんな目に遭《あ》って無事でいるなんて……。

「一人で切り抜けられる程度だったんだけど、ちょうど古城が来てさー。美味しいところ、全部持っていきやがった。ずっるいよなぁ、弱そうに見えるくせに腕《うで》が立つなんて！」

理不尽《りふじん》な怒《いか》りを古城に向ける彬に、脱力《だつりょく》してしまう。この子はもう少し、危機感を覚えたほうがいいのではないだろうか？

「親父は怒るし、兄貴は口利《き》いてくんないし、もう散々だよ」

——で、助け出されたあとも怒っている親のいる家には帰りたくなくて、この古城の部屋に居座っているらしい。

つまり、古城の云っていた手のかかる子犬というのは、もしかして……。

「あ」

「何？」

「い、いえ、黒川さん、怒ってたんじゃないかなと……」

僕は慌《あわ》てて話題を変えて言葉を濁《にご》す。

本人に古城が『子犬』と云っていたなんて告げたら、臍《へそ》を曲げてしまうに違いない。僕は気づいてしまった事実を、胸の中にしまっておくことにした。

「そりゃ、こってり搾《しぼ》られたよ。でも、こうして無事だったんだし。それに、男子たるものあのくらいで動じてちゃダメだろ？」

「でも、気をつけて下さいね」

「そんなに、俺が信用できないわけ？」

唇《くちびる》を尖《とが》らせて拗ねてみせるところなんて、まだまだ子供だ。

きっと、頭ごなしに云われると反発してしまう年頃《としごろ》なのだろう。だからと云って、話してわからないほど頭が悪いとは思えない。

僕は問いかけるようにして、諭《さと》してみた。

「相手が一人ならともかく、大勢いたらどうにもできないことだってあるでしょう？　慎重《しんちょう》に行動するのも大人の男として必要なことですよ。勇気と無謀《むぼう》は違《ちが》います」

「そっか……」

「あの人はあなたのことをとても大事にしてるようですから、心配かけないようにしてあげて下さい」

「……これから気をつける」

危険を乗り越《こ》えてきたことを誇《ほこ》っていた彬も、自分の無謀さを認識《にんしき》してくれたようでほっとした。

でも、こんなに無鉄砲《むてっぽう》な子なら、黒川がやきもきさせられるのは仕方ないかもしれない。

「奈津生さんもごめん。兄貴と一緒のときに邪魔しちゃって」

「え？　い、いえっ、それは別に構いませんから！」

急に謝られ、僕は慌ててしまった。

まさか、行為《こうい》の最中に放《ほう》って行かれたことを気に病《や》み、もう用なしかもしれないと落胆《らくたん》して飛び出してきただなんてバレるわけにはいかない。

偉《えら》そうに説教してしまったけれど、僕も人のことは云《い》えないよな……。

よほど僕のほうが考えなしだ。

「もしかして、エッチの途中《とちゅう》だった？」

「なっ……何云ってるんですか!!」

思いきり図星を指され、僕は耳まで真っ赤になってしまう。

すると、釣《つ》られたように彬も頬《ほお》をうっすらと染める。

「大人なんだから、こういうのは軽く流してよ」

「……申し訳ありません」

色恋沙汰《いろこいざた》に関しては、僕はまだまだ修行《しゅぎょう》が足りないらしい。

死んでしまいたくなるような恥《は》ずかしさに体を小さくしていると、彬は僕の顔を見ながらしみじみとした口調で云ってきた。

「でもさー、兄貴の相手にしては珍《めずら》しいタイプだよね。男なのも初めてかも」

「そう…ですか?」

彬の言葉に、ドキリと心臓が跳《は》ねる。

昨晩のことは誤解だったとわかったけれど、胸に燻《くすぶ》る不安までが消え去ったわけじゃない。

僕は固唾《かたず》を呑《の》んで次の言葉を待つ。

「うん。いっつも派手な美人の水商売っぽい女をとっかえひっかえっていうか。奈津生さんみたいに清楚《せいそ》な美人はいなかったなぁ。って云っても、俺もたまに見かける程度だったけどね」

「………」

予想通りの黒川の所業を聞かされ、僕の不安はますます根を深くしていく。

青ざめた顔で黙《だま》りこくっていると、彬が心配そうに訊《たず》ねてきた。

「何、景気悪い顔してるわけ？　兄貴とケンカでもした？」

「……できるならいいんですけどね」

ケンカができるのは、お互《たが》い対等な立場でいられるからだ。確固たる信頼《しんらい》関係が築けた上でのコミュニケーションの一種だと僕は思う。

だけど、僕たちの間に信頼というものが存在しているとは云いがたい。

彬に気を遣《つか》わせまいと微笑《ほほえ》もうとしたけれど、あまり上手《うま》くはいかなかった。

「兄貴、横暴だからなー。あっ、もしかして、奈津生さんもそれで家出？」

古城と似たようなことを云われ、苦笑《くしょう》してしまう。黒川に好意的な弟の彬でさえ、横暴だという評価を下すのか。

「家出……まあ、そんなところかもしれません。でも、もう戻《もど》れるかどうかわかりません」

「何で？　兄貴が出てけって云ったの？」

「……そういうわけではないんですけど」

いっそ、はっきり『出て行け』と云ってくれたら、どんなに楽か。

報《むく》われないとわかっていても断《た》ち切ることのできない自分の往生際《ぎわ》の悪さには呆《あき》れてしまう。

側《そば》にいれば、また辛《つら》い思いをするというのに、それでもあの人を諦《あきら》めきれない。

時折向けられる気紛《きまぐ》れな優《やさ》しさに、縋《すが》りつきたくなってしまうのだ。

「で、でも、奈津生さんの前には決まった相手っていなかったし！　見る度《たび》に違う女の人で、自分の部屋には絶対連れて行こうとしなかったくらいだから……」

「……ありがとうございます」

彬は僕を慰《なぐさ》めようとしてくれているようだった。そんな気遣いを嬉《うれ》しく思い、礼を言ってみたけれど、僕の不安が払拭《ふっしょく》されることはなかった。

ああして側に置いていたのだから、少なからず僕に好意は抱《いだ》いてくれていたのだろう。けれど、僕の抱《かか》えている想《おも》いは黒川よりも遥《はる》かに大きく、重たいものなのだ。自分でも手に負えないほどのこの気持ちを知ったら、黒川だって迷惑《めいわく》するに決まってる。

僕があの人の側にいると、余計な煩《わずら》わしさを増やすだけだ。今に鬱陶《うっとう》しくなって、これまで相手にしてきた女の人たちのように捨てられてしまうに違いない。

「気を遣って下さらなくても大丈夫ですよ」

「奈津生さん……」

すでに夜の仕事に染まった身とは云え、僕と黒川では生きている世界が違う。

僕があの人の許《もと》に戻りたいと思ったとしても、それが許されるかどうかはわからないのだ。

「……僕は、あの人に必要とされてるわけじゃないんです」

「誰《だれ》がそんなこと云った!?」

「……ッ!?」

突然《とつぜん》、背後から聞こえてきた怒声《どせい》に、ドクン、と心臓が大きく跳ねる。

彬と共に振《ふ》り向いた僕は目を見張り、自分の瞳《ひとみ》に映った人物を何度も確認した。そこにいたのは紛《まぎ》れもなく、最高潮に不機嫌《ふきげん》な顔の黒川だった。

「く…ろかわ…さん……」

何故《なぜ》、彼がここにいるのだろう？

そういえば、携帯電話《けいたい》を取りに行った古城はどうしている？

だけど突然のことにパニックに陥《おちい》った僕の頭には、冷静な思考が戻ってきてくれない。

「び、びっくりしたぁ……。もうっ、驚《おどろ》かせんなよ、兄貴！」

「…………」

何も云えずに見つめていると、怒《いか》りのオーラを身にまとった黒川が一歩一歩、僕のほうへと近づいてきた。

思わず腰《こし》が退《ひ》けてしまい、僕はソファーからずり落ちそうになる。

「ど…どうして、ここに……？」

「それは俺の台詞《せりふ》だ。お前こそ、どうして古城の家なんかにいるんだ？」

「それは……」

云いかけてから、僕は黒川の背後にいる古城の姿にはっとした。

もしかしたら古城は携帯電話を車に取りに行くと云いつつ、黒川を迎《むか》えに行っていたのかもしれない。

古城にとって一番大切なのは、仕える黒川の存在。だったら、僕との約束なんて簡単に破ってしまうだろうということを、失念していた僕が甘かった。

きっと、僕の目のないところで黒川に連絡《れんらく》を取っていたのだろう。

「なんかとは酷《ひど》いですね。これでも、けっこう家賃は高いんですよ？　それに、経緯《いきさつ》はさっき説明したじゃないですか」

怒りを抑《おさ》えきれない黒川に、有能な秘書は茶々を入れる。この男にそんな真似《まね》ができるのは世界広しといえども、この古城くらいのものだ。

「お前は黙ってろ。——奈津生、いつ俺がお前を必要じゃないと云った？　古城にまた何か吹《ふ》き込まれたのか？」

「まさか。奈津生さんには逃《に》げたいなら協力しますとは云いましたけど、あなたの悪口なんか云ってませんよ」

「古城！」

「そうそう。自分の不手際を他人《ひと》のせいにするなんてカッコ悪いよ、兄貴」

「彬も黙ってろ！」

古城に当たり散らす黒川に、彬までがツッコミを入れる。怖《こわ》いもの知らずな人間たちがつくその悪態に、僕は唖然《あぜん》と聞き入ることしかできなかった。

彬はそんな僕をチラリと横目で見てから、再び黒川に向き直り、ため息を一つ吐く。

「それが八つ当たりだって云《い》うの。奈津生さんに逃げられたことが、そんなにショックだったわけ？」

「……！」

その言葉に息を呑むと、黒川はなぜか黙り込んでしまった。彬の反論に更《さら》に怒り狂《くる》うかと思っていた僕は、その予想外の反応に驚いた。

「ったく、兄貴は本当に素直《すなお》じゃないんだから……」

図星、なのだろうか？

答えを訊ねるべき言葉も見つからず、僕はただ静かに黒川を見つめてしまう。

「そんなに俺から逃げたかったのか？」

「違《ちが》います」

訊ねられた言葉に僕はすぐさま答えた。

僕は黒川から逃げ出したかったわけじゃない。

飛び出した直後は自分の気持ちがわからなかったけれど、いまならはっきりそう云える。

「何が違うんだ？」

「……それは…」

何と説明すればいいのだろう？

僕は、黒川に溺《おぼ》れ、依存《いぞん》していく自分が怖かった。

そして、黒川の行動や発言に一喜一憂《いっきいちゆう》し、過敏《かびん》になりすぎた神経を限界まですり減らしていく自分が、怖かった。

だからそんな自分から逃げたくて、あのときは衝動《しょうどう》的に部屋を飛び出したのだ。

決して黒川自身から逃《のが》れたかったわけではない。あえて云うなら、臆病《おくびょう》な自分から逃れたかっただけだと——そう伝えて、黒川はわかってくれるのだろうか？

「——来い」

「ちょ、ちょっと待って下さい」

むっつりとした表情のまま、黒川は僕の手を取ると、有無《うむ》を云わせず引っ張って行く。僕はよろけながら黒川を引き留めようとした。

「まだここにいたいと云うのか？」

「そうじゃなくて…っ、その、古城さんや彬くんに挨拶《あいさつ》くらい……」

一瞬だけ振り返った黒川の顔から、少しでも感情を読み取ろうとしたけれど、眉間《みけん》に深い皺《しわ》を刻んだ仏頂面《ぶっちょうづら》からは、不機嫌さ以外を推《お》し量ることはできなかった。

「そんなもの必要ない。いいから帰るぞ」

「……っ」

その一言に、僕は少しだけ泣きそうになった。

ただ、黒川が『帰る』と云ってくれたことが泣きたくなるほど嬉しいなんて――。

そこまで自分はこの男のことが好きなのだと、いまさらながらに思い知る。そして、離《はな》れがたく思う気持ちが心の中で募《つの》っていくことを、僕は自覚していた。

摑《つか》まれた手首が、熱い。

古城の部屋を出てからも、僕の手首は摑まれたままだった。黒川は、ろくに靴《くつ》もきちんと履《は》けずにいる僕に歩みを合わせることもなく、ぐいぐいと引っ張っていく。

次第《しだい》に上昇《じょうしょう》していく鼓動《こどう》と、熱。

このままではそれを悟《さと》られてしまうのではないかと、僕は心配になった。自ら離れる決意をしたのに、恋《こ》い焦《こ》がれる気持ちを悟られるわけにはいかない。

エレベーターに押し込まれた僕は、意を決して黒川に呼びかけた。

「あの！」

「――何だ」

返ってきた低い声に怯《ひる》みかけたけれど、おずおずと切り出す。

「……放しても、逃げません」

「わかってる」

「だったら……」

放して下さい――そう告げる前に、逆に問いかけられた。

「嫌《いや》なのか？」

「い、いえ……」

嫌なのではない。恥《は》ずかしさにいたたまれないだけで。

「だったら、黙《だま》っていろ」

「……はい」

黒川は手首を握《にぎ》っていた手を緩《ゆる》め、指が絡《から》まるように握ってきた。

触《ふ》れ合う指がぞくりと震《ふる》え、心臓もますます高鳴っていく。意識しないよう自分に云い聞かせても、全身の神経が繋《つな》がれた手に集中してしまう。

緊張《きんちょう》に汗《あせ》ばむ手の平が不快ではないだろうかと心配になったけれど、強く握りしめられるばかりで黒川はそれ以上何も云おうとしなかった。

「ここで待ってろ」

「……あっ……」

離れて行く熱を追いかけるようにして、僕は思わず黒川の手を握りしめる。

「奈津生？」

「す、すいません！」

黒川に驚いた顔で振り向かれ、僕は慌《あわ》てて自分から手を離した。

何をやってるんだ、僕は……。

「逃げるなよ」

黒川は自分の行動に戸惑《とまど》う僕に少しだけ優《やさ》しい声音《こわね》でそう告げると、一人で車を取りに行ってしまった。マンションのエントランスに残された僕は、遠離《とおざか》る広い背中を視線で追う。

やはり僕は、目を離すと逃げると思われているらしい。離れているとは云え、車はここから見える位置に停《と》めてあるというのに……。

そう思いながらガラス扉《とびら》の向こうを見ていると、一台の黒塗《くろぬ》りの車が黒川の向かった反対方向から近づいてきた。

窓にはスモークが貼《は》ってあり、中の様子は窺《うかが》えない。いかにも堅気《かたぎ》ではない人種が乗るような車だ。

必要以上にのろのろと進む様子に、僕ははっとなった。

「黒川さん！」

衝動的にエントランスを飛び出し、僕は黒川の許《もと》へと走る。

僕の危惧《きぐ》が当たっていなければいい。けれど十中八九、あの車は黒川に害を為《な》そうという目的のもののように思える。

以前も黒川を狙《ねら》う目的の連中が、僕を襲《おそ》ったことがあった。ああいったことが、日常茶飯事《さはんじ》だというなら……。

「……っ!!」

飛び出した僕が黒川の許に向かっていることに気づいたのか、黒塗りの車は一瞬《いっしゅん》動きを止めたあと、アクセルを強く踏《ふ》み込んできた。

「奈津生！」

異変に気づき振《ふ》り向いた黒川を、僕は車がぶつかりそうになった寸前で庇《かば》う。すると、車は僕たちの横ギリギリを通過して、やがて激しいブレーキ音が聞こえてきた。

「……だ、大丈夫《だいじょうぶ》ですか？」

怪我《けが》をさせていないだろうか……？

だけど、起き上がり無事を確かめようとした途端《とたん》、僕は黒川に怒鳴《どな》りつけられていた。

「このバカ！　どうして飛び出してくるんだ⁉」

「だって、危ないと思ったから……」

「だからって、お前まで危険に晒《さら》される必要なんてないだろう！　何のために中で待たせてたと思ってるんだ⁉」

「自分だけが安全な場所にいて、黒川さんだけが危険な目に遭《あ》うなんて嫌です！」

きっと、昨日の腕《うで》の怪我だって、ああいったやつらが原因なのだろう。黒川にとって、それは些末《さまつ》なことなのかもしれない。

だけど、僕は黒川が傷つくところだけは見たくない。

黒川が傷つくくらいなら、僕が傷つけばいい。黒川の役には立つことができないかもしれないけれど、そのくらいなら僕にもできるから…。

「だからって、お前——くそっ、お喋《しゃべ》りはお預けだ」

「え？」

忌々《いまいま》しげな呟《つぶや》きを洩《も》らす黒川の視線の先を見ると、一度通り過ぎたはずの車がいつの間にかUターンをして、こちらに頭を向けていた。

「……っ⁉」

「ったく、しつこいやつらだ！」

車がスピードを上げたのと同時に、黒川は俊敏《しゅんびん》な動作で体を起こし、僕の腕を引っ張りながら走り出す。

「くそっ！」

「え？」

縺《もつ》れそうになる足で必死について行っていた僕は、突然《とつぜん》体が宙に浮《う》く感覚に驚《おどろ》いた。

迫《せま》る車を避《さ》けるようにして黒川が僕の体をすくい上げ、車道横にある植え込みに飛び込んだのだ。

「く……っ」

頬《ほお》や首筋を木々の小枝が掠《かす》める。その直後にドンッという激しい音が聞こえてきた。もしかしたら、あの車がどこかにぶつかったのかもしれない。

「…黒川さん」

身を強張《こわば》らせていると、幸いにも危害を加えることを諦《あきら》めたのか、エンジン音が遠離ってい
った。今日のところは、といった具合だろうけれど、ひとまず危険が去って僕はほっとする。

「もう、大丈夫だろう」

「あ……はい……」

黒川は僕の肩《かた》を抱《だ》いたまま、胸元《むなもと》から携帯《けいたい》電話を取り出すと、どこかへと連絡《れんらく》を入れ始める。

「——俺だ。あいつら諦めてなかったらしい。出てきたところを狙われた。……ああ、いま
車ごと突《つ》っ込んで来やがった」

会話の内容から、その相手が古城だとわかった。

「俺は一度自宅に戻《もど》るが、やつらがまだこの辺りをうろうろしてる可能性もある。しばらく、
彬は絶対に一人で出歩かせるなよ」

わかりましたという声が、僕の耳にも聞こえてくる。

そして通話を切った黒川は、パンパンと服についた埃《ほこり》を払《はら》いながら立ち上がると、へたり込
んだ僕を引き上げてくれた。

「立てるな?」

「……多分」

そう答えつつも、腰《こし》が抜《ぬ》けてしまったのか僕の足元は覚束《おぼつか》ない。いつの間にか黒川のスーツ

を握りしめていた自分の手が、小刻みに震えていることに気がついた。

僕にとっては日常茶飯事ではないことばかりなのだ。恐怖感《きょうふ》がいまになって込み上げてきたのかもしれない。

「だから、待っていろと云《い》ったんだ」

カタカタと震えるその手を力強く握られたかと思うと、黒川は苦々しく告げてくる。

「すいま…せん……」

古城の家に現れたときと同じような不機嫌《ふきげん》な顔に、僕は後悔《こうかい》した。

やっぱり、余計なことだったのだろうか……。

黒川はもどかしさを持て余した様子で自分の髪《かみ》をぐしゃぐしゃと掻《か》き回すと、血の気が引いた顔で項垂《うなだ》れている僕に短く云い放った。

「帰るぞ」

「……はい」

車に乗り込んだあとも、黒川はむっつりと押し黙ったままだった。重苦しい空気はいつまで経《た》っても消え去ることなく、到底《とうてい》話ができる雰囲気《ふんいき》でもない。

荒《あら》っぽい運転で黒川のマンションに到着《とうちゃく》してからも、眉間《みけん》に深く刻まれた皺《しわ》が消えることはなく、僕はどうすることもできなかった。

「あの……黒川さん……？」

「いいから来い」

リビングに行くようにと促《うなが》された僕は、足を踏み入れた瞬間につけられた明かりの眩《まぶ》しさに目を眇《すが》める。

半日ぶりの黒川の部屋。過ごし慣れた場所だというのに、何故《なぜ》か自分がいるべき場所ではないような違和《いわ》感がある。

見知った光景が、まるで他人の部屋のように感じられるのはどうしてだろう？

ここがもう、僕がいることができる場所ではないからだろうか…？

ピリピリとした空気を纏《まと》ったままの黒川につき従い、のうのうとここまで来てしまったけれど、本当によかったのだろうか……？

「顔を見せてみろ」

「……っ」

明かりの下で顎《あご》を持ち上げられ、ジロジロと検分される。いったい何事かと大人しくしていると、黒川は忌々しげに舌打ちをした。

「傷なんかつけやがって……お前はしばらくここから出るな」

頬や首筋の擦《す》り傷など些細な負傷でしかないと思うのだが、黒川はそんな傷すら気に食わないらしい。まるで、コレクションを扱《あつか》うような気の遣《つか》い方だ。

「………」

――コレクション。

ふと自分の頭に浮かんできた言葉に、頭をガンと殴《なぐ》られたようなショックを覚えた。鳩尾《みぞおち》の辺りが重くなり、鉛《なまり》を飲み込んだような不快感に吐《は》き気までしてくる。

店へ来る客の中には、この容姿を褒《ほ》める人たちがいる。口説いてくるやつらや、この前のストーカーも、必ず言葉にすることは外見のことばかり。

黒川もそれと同じ…？

やはり僕の価値は、それだけなのだろうか…？

「もう二度とあんな無茶はするなよ。……奈津生？　聞いてるのか？」

項垂れる様を怪訝《けげん》に思ったのか、黒川は僕の顔を覗《のぞ》き込んでくる。

じわじわと込み上げてくる悲しさに身を任せていたら、ずっと喉《のど》の奥に閊《つか》えていた疑問が、思わず口をついて出てしまった。

「――僕は、あなたの何なんですか…？」

「は？」

こんなこと云うべきじゃないと、心の中でもう一人の自分が止めている。だけど僕はそれを無視して、投げやりな気持ちで言葉を続けてしまった。

「所詮《しょせん》、僕はあなたの所有物でしかないんですか？」

「所有物？　いきなり何を云ってるんだ？」

「あなたにとっては、僕のこの入れ物が大事なだけなんでしょう⁉」

昂《たかぶ》る感情のまま俯《うつむ》いていた顔をキッと上げると、その弾《はず》みで眦《まなじり》から涙《なみだ》が零《こぼ》れた。温かな雫《しずく》は頬を伝い、顎の先からぽたりと落ちる。

「誰《だれ》がそんなことを云った？　やっぱり、古城に何か吹《ふ》き込まれたのか⁉」

「わからないんですか？　あなたは僕を物のように扱うじゃないですか！」

「いつ俺がそんなことをした⁉」

無神経な問いに、僕の頭の中で何かがぶつりと切れた音がした。

「傷がついて欲しくないのも、僕があなたのコレクションだからなんじゃないんですか⁉　気《き》紛《まぐ》れに顔を出したかと思えばただ抱くだけで、何かあれば閉じ込められて——僕の意思なんか、おかまいなしで……っ」

「奈津生……」

もう、言葉を止めることができない。啞然《あぜん》とする黒川に食ってかかる勢いで捲《まく》し立てた。

「僕はそんなふうにあなたの側《そば》にいたいわけじゃない…‼」

ヒステリックに叫《さけ》んだ瞬間、僕は力ずくで抱きしめられていた。

覚えのある体温も嗅《か》ぎ慣れた体臭《たいしゅう》も、僕の胸を切なく締《し》めつける。体中の細胞《さいぼう》が、この人を好きだと訴《うった》えている。

それが腹立たしくて堪《たま》らない。一人の男にこんなにも振《ふ》り回されている自分に怒《いか》りすら感じてしまう。

「や……っ、離《はな》して下さい…！」

「少し落ち着け！」

「これ以上、誤魔化《ごまか》されたくなんかありません!!」

パニックに陥《おちい》った僕は黒川の腕《うで》の中、持てる力全てを使って暴れもがく。腕を突《つ》っ張り、顔を引っ掻き――それでも、黒川は僕のことを離そうとはしなかった。

「奈津生！」

「……ッ!!」

耳元で一喝《いっかつ》され、僕はビクリと体を強張らせた。

そうして一瞬《いっしゅん》だけ静止した僕を、黒川はキックキック抱きしめてくる。頬《ほお》を押しつけるようにした黒川の胸から、体温と体臭が伝わってきた。

「……ずっと、そんなふうに思ってたのか？　だから、いつも辛《つら》そうな顔をしてたのか？」

「――――」

口を開けばしゃくりあげてしまいそうで、僕は奥歯を噛《か》みしめて込み上げてくる感情を押し止《とど》める。けれど、堰《せき》を切ってしまった涙を堪《こら》えることはもうできなかった。

「俺は……あのとき、惚《ほ》れてるって云ったたろう」

気まずそうに告げられた言葉に、頑《かたく》なになった僕の心が少しだけ融解《ゆうかい》する。

張《つ》り詰めさせていた手足から力を抜くと、子供にするように頭をそっと撫《な》でられた。

「……たった一度の言葉に縋《すが》れって云うんですか？　僕はそんなに能天気な人間にはなれません」

ずっと頑に隠《かく》してきた不安を口にしてしまったせいか、以前よりも素直《すなお》に自分の気持ちをすんなりと告げることができた。心なしか、声音《こわね》に甘えが混じっている。

「人の気持ちなんて、すぐに変化してしまうんです。いつまでも変わらない想《おも》いなんてどこにもない」

僕はそうやって、何人もの人間に裏切られてきた。両親の財産を奪《うば》った伯父《おじ》たちだって、昔は優《やさ》しかった。姿を消した同僚《どうりょう》だって、気のいい男だった。

どんなに自分が信じていても、何かのきっかけで手の平を返したような態度を取られることだってある。それを身を以《もっ》て体験してきた僕は、人と接することに臆病《おくびょう》になっているのだ。

それでも、黒川のことは信じたかった。

なのに、不安で不安で堪らなくなり、好きな人を疑ってしまう自分自身が矮小《わいしょう》なものに思えて悲しかった。

「いつ、あなたに捨てられるのかと思うと怖《こわ》くて……あの店などいらないと云われたとき、自分までいらないと云われたようで、耐《た》えられなかったんです……」

「それで、飛び出していったのか…」

黒川の言葉に、こくりと頷《うなず》く。

取り返しがつかなくなる前に離れておけば、傷が浅くてすむだろうという浅慮《せんりょ》もあった。無《む》我《が》夢中で迫《せま》りくる不安を振り切るために走ったけれど、虚《むな》しさが増しただけだった。

「……馬鹿《ばか》だな。俺がお前を手放すわけないだろう?」

「そんなこと、わからないじゃないですか！ いまはよくても、あなただって僕にいつ飽《あ》きるかわからないのに――」

「そういうお前はどうなんだ?」

「え…?」

「俺を見る度《たび》にビクビクして、強張《こわば》った顔ばかりしやがって……客には笑いかけてるくせに、俺には愛想《あいそ》笑いの一つもしやしない」

「……っ、それは……」

「抱《だ》かれてるときくらいしか、俺の顔を見ようとしないだろうが。危ないから出歩くなっつっても、店に出てるし、目を離した隙《すき》にいなくなって、どこに行ったかと思えば古城んとこにいやがる。かと思えばさっきみたいな無茶な真似《まね》するようなやつ、危なっかしくて外なんか出歩かせられるか！」

淡々《たんたん》と語り出した黒川だったが、徐々《じょじょ》にヒートアップし、口調がキツくなってくる。しかし、その内容は初めて聞く黒川の本音だった。

「店に出れば毎度違う人間に口説かれてるようなのを、放《ほう》っておけるわけがないだろう⁉　お前は物みたいにって云《い》うけどな、惚れた相手を大事にして何が悪い！」

「黒川さん……」

最後の言葉が早口になったのは、吐露《とろ》する本音を自覚してのことだろうか？

云い方は逆ギレそのものだったけれど、その一言だけで胸の重しが軽くなる。

冷静に聞けば理不尽《りふじん》な文句でしかないのだが、その言葉を裏返せば、僕の身を案じてくれているということだ。

だからこそ、こうして束縛《そくばく》しようとしていたということなのかもしれない。

自分の目の届くところに閉じ込めて、危険が迫ってこないように、怪《あや》しい影《かげ》が近づいてこないように……そうやって、ただ過保護にすることしか、黒川には術《すべ》がなかったのだろう。

不器用すぎる男の行動の意味を知ってしまえば、思い悩《なや》んでいた自分が可笑《おか》しく思えてくる。

お互《たが》いに恋《こい》の初心者だっただけなのかもしれない。

重ねてしまった歳《とし》のせいで、素直になることが難しくなってしまっていたことが悪循環《あくじゅんかん》をもたらしたということか。

そのことに気づいた瞬間《しゅんかん》、僕の胸に閊えていた何かが、すとんと落ちていった。

いままでの僕は、黒川に従いつつも心の中では納得《なっとく》できていなかった。そんな僕を見て、黒川もますます強固な態度に出てしまい、そんな悪循環になっていたのではないだろうか？

お互いがお互いを想っているのに、その気持ちがすれ違っていたのだ。

「……あなたばかりが心配しているとでも思ってるんですか？」

黒川の全神経が僕に向いていることを体で感じながら、抱きしめる腕に力を込め、静かに語りかける。

「危ないことはしないで下さい――何度、あなたにそう云おうと思ったかわかりますか？」

「仕方ないだろう。危険も込みなのが、俺の仕事だ」

「わかってます。でも、そんなあなたを、ここに閉じ込めて縛《しば》りつけておきたい。そんなふうに僕が考えていたなんて、あなたは思いもしなかったでしょう？」

「……奈津生……」

初めて耳にする戸《と》惑《まど》う声音。いま、黒川はどんな顔をしているのだろう？

「それでも、無茶ばかりしてるあなたを待っていられるのは、あなたのことを信じてるからです。あなたはどうして僕のことを信じてくれないんですか？」

寄り添《そ》った体をそっと押し返し、黒川の顔を見上げると漆黒《しっこく》の瞳《ひとみ》が僕を見下ろしてくる。

まっすぐに見つめられ緊張《きんちょう》が増したけれど、僕は慎重《しんちょう》に言葉を選びながら気持ちを伝え続けた。

「僕は庇護《ひご》されてるばかりなんて嫌《いや》だ。僕はあなたと対等になりたい。きちんと仕事をして、自分の足で立って、一人の男として向き合いたい」

僕はそこで言葉を切ると、大きく深呼吸をする。そうして、ずっと胸の奥に秘《ひ》めていた気持ちを唇《くちびる》に乗せた。

「僕は、あなたに愛してると伝えても、許される存在になりたいんです」

「……物凄《ものすご》い口説き文句だな」

僕の告白に、黒川は苦笑《くしょう》した。

こんな困ったような笑《え》みも、初めて目にした気がする。

「いいか？　お前を手放すつもりなんて一生ないが、所有物とかそういう類《たぐ》いの意味で云ってるわけじゃないからな」

「じゃあ、今日も離さないで下さい」

黒川を見つめたまま呟《つぶや》いた言葉は、思っていた以上に甘い響《ひび》きになってしまった。

「奈津生」

くしゃりと髪《かみ》に差し込まれた指が項《うなじ》をくすぐり、耳の後ろを撫でてくる。その心地《ここち》よさに酔《よ》いながら、僕は睦言《むつごと》を続けた。

「朝までずっと一緒《いっしょ》にいて……僕が目を覚ますまで側《そば》にいて下さい」

「誘惑《ゆうわく》してるつもりか？」

「あなたがそう思うのなら、そうなのかもしれません」

誘惑できるものなら、いくらだってする。

けれど、そんな手管なんて知らないし、しなだれかかって媚《こ》びた態度を取ったって、黒川が相手にしてきた女たちには敵《かな》うはずもない。

そんな僕にできることと云ったら、自分の欲望に素直になることとくらいだ。数回深呼吸をし、震《ふる》える唇を引き結ぶ。

爆発《ばくはつ》してしまうのではないかと思うほど煩《うるさ》く鳴り響く心臓に唆《そそのか》され、普段《ふだん》なら絶対に口にできない言葉を告げた。

「……抱いて、下さい」

気恥《きは》ずかしさに泳がせた視線がかち合った瞬間、春の嵐《あらし》のような激しさで唇が奪われていた。

息もできないほど激しく口腔《こうこう》を掻《か》き回され、舌を搦《から》め取られ、キツく吸い上げられる。

「んぅ…っ、ん、ふ……っ」

呼吸もままならないほどに荒々《あらあら》しく貪《むさぼ》られ、頭の中までぐちゃぐちゃにされた僕の体はどんどん力が抜《ぬ》けていき、ひとしきりのキスですっかり蕩《とろ》けてしまう。

骨が軋《きし》むほどの強さでかき抱かれた体は、発火したかのように熱い。

縺《もつ》れるようにしてベッドに倒《たお》れ込み、体をまさぐられながら尚《なお》、口づけはまだ止《や》まない。

「はっ……んん、ん…っ……」

溢《あふ》れる唾液《だえき》を飲み込む間もなく、喉《のど》の奥まで犯《おか》される。感覚が鈍《にぶ》くなるくらい強く吸われた舌はジンジンと痺《しび》れ、口の中がすっかり怠《だる》くなってしまった。

それでも、離《はな》れていった唇が恋しくて、腕《うで》を絡《から》めて黒川の首を引き寄せる。

「や……もっと……」

「キスばっかじゃ、何にもできないだろ」

「あ…っ」

シャツはいつの間にかはだけられており、昂揚《こうよう》し汗《あせ》ばんだ素肌《すはだ》を大きな手が撫《な》で回す。

黒川は、微《かす》かにあばらの浮《う》いた脇腹《わきばら》を楽しそうになぞり、両方の胸の先にある小さな粒《つぶ》を親指で押し潰《つぶ》した。

「んんっ……」

「お前からねだったのが初めてだって、わかってるのか？」

問いかけにこくりと頷くと、黒川は薄《うす》く笑う。

「もう嫌だっつっても、今日は離してやらねえからな」

「はなさ、ないで…いいっ…ぁあっ、あ、んぅっ」

指の腹を擂《す》り合わせるようにして、挟《はさ》んだ粒を揉《も》み込まれる。硬《かた》く尖《とが》っているばかりだったそこは、やがて赤く色づきぷっくりと膨《ふく》らんできた。

胸から生まれる疼《うず》きは、僕をじりじりと体の中から焦《こ》がしていく。

「つっ」

時折、強く摘《つま》まれ、チリ、と痛みが走る。執拗《しつよう》に弄《いじ》られ、感じやすくなったそこに、ふいに濡《ぬ》れた感触《かんしょく》が触《ふ》れた。

「……っあ！　あ……ぁ……」

生温かいそれはねっとりと絡みつき、腫《は》れ上がった乳首《ちくび》を舐《な》め回す。甘嚙《あまが》みされ、キツく吸い上げられれば、ゾクゾクと背筋に電流が走った。

下腹部にはすでに熱が溜《た》まり、昂《たかぶ》りが布地を押し上げている。もどかしさに腰《こし》を擦《こす》りつけたくなったけれど、そうする代わりに黒川に甘くねだる。

「も……触《さわ》って……」

「ん？　こっちか？」

「あ……ぁあ……っ」

黒川は主語のない言葉でも、その意味を汲《く》み取ってくれる。服の上から足の間を撫で擦《さす》られ、ひくひくと腰がわななないた。

「んっ……もっと、ちゃんと……っ」

「あんまり誘《さそ》うな。こっちの辛抱《しんぼう》がきかなくなるだろ」

くたりとなった体から、手荒く服が剝《は》ぎ取られていく。剝《む》き出しにされた両足を左右に開かれ、浅ましく反応した欲望を黒川の視界に晒《さら》された。

「つ……めた……」

枕元《まくらもと》に転がしたままだったローションを屹立《きつりつ》の上から垂らされ、冷たさに腰が跳《は》ねる。ジンジンと熱く疼いているその部分には、温度差が刺激《しげき》となった。

液体は昂りを伝い落ち、後ろのほうまで流れていく。黒川はそのぬめりを秘《ひ》めた窄《つぼ》まりに塗《ぬ》り込め、入り口を解《ほぐ》し始めた。

「あっ……あ、あ、あ……っ」

同時に濡れた昂りに指を絡められると、そこは更《さら》に張り詰《つ》める。そっと指を滑《すべ》らされただけで、どうしようもなく僕の体は打ち震えた。

「感じすぎると、あとが辛《つら》いんじゃないのか？」

そんなこと、わかっている。

だけどいくら揶揄《やゆ》されても、体はもう僕の意思などきいてはくれなかった。

「はっ、あ…ぁあ、っあ！」

絡んだ指はいやらしく蠢《うごめ》き、僕の中から官能を引き摺り出していく。裏側を擦られ、先端《せんたん》を抉《えぐ》るように撫でられれば、ひくひくと内腿《うちもも》が痙攣《けいれん》する。

まだ極《きわ》みには追い上げられていないはずなのに、とろとろと体液が零《こぼ》れ、塗りつけられたローションと混じり合った。

「んぁ…っ、あ、ああ……っ」

上下に動く指の感触も、やわやわと撫でられる窄まりも気持ちいい。心地《ここち》よさに意識まで蕩けかけた瞬間《しゅんかん》、黒川は太い指を体の中に押し込んできた。

「……っ!!」

突然《とつぜん》の衝撃《しょうげき》に声も出ない。痛みはなかったけれど、いきなり擦り上げられた内壁《ないへき》が、走り抜けた快感におののいた。

「や…ぁ、あ、あ…っ」

何本もの指が沈《しず》み込み、震える粘膜《ねんまく》を掻き混ぜる。異物を飲み込まされている違和《いわ》感と、体の内側を擦られる奇妙《きみょう》な感覚はいつになっても慣れることがない。

後ろばかりを意識してしまうせいで力が籠《こも》り、入り込んだ指をキツく締《し》めつけてしまった。

「そんなにキツく締めるな」

「すいま…せ……」

力を抜こうにもなかなか上手《うま》く行かず、意識すればするほど黒川の指に粘膜が絡んでしまう。云《い》うことを聞かない自分の体がもどかしく、焦燥《しょうそう》感に煽《あお》られる。

黒川はそんな僕を知り、粘膜の中をやや強引《ごういん》に指を抜き差ししながら、足の間に顔を寄せた。

「あぁあ…っ」

裏側を舐められたかと思うと、根元近くまでくわえられる。唾液をまぶすようにしゃぶられ、全身がカッと熱くなった。

先端にじわりと体液が滲《にじ》んだのが、自分でもわかる。溢れる体液を啜《すす》られ、いやらしく水音が響き渡《わた》った。

「ひ…ぁ、あ…っ、あぁ……ッ」

前に意識が逸《そ》れた隙《すき》をつき、ぐるりと体内を掻き回される。その途中《とちゅう》、感じやすい一点を通過され、一際《ひときわ》高い声が上がった。

僕の体を知り尽《つ》くした黒川は、直接そこを責めることはなく、触れるか触れないかという瀬《せ》戸際《とぎわ》をなで擦る。

「あ…っ、ふ…ぁ、あっ」

もう少しで届くのに、というもどかしさに思わず腰が揺《ゆ》れた。

自ら腰を回すと、触れて欲しい場所に黒川の指が当たる。その気持ちよさに酔《よ》いかけたけれど、黒川は指を引き抜き、わざと焦《じ》らしてきた。

「んぁ……も、や……っ」

意地が悪いと目で訴《うった》えると、黒川は僕自身を生々しく音を立ててしゃぶり、根元の膨らみをやわやわと揉みしだいてきた。

「あぁぁ…ッ」

強すぎる快感に思考まで攫《さら》われていきそうで、僕は意味もなくかぶりを振《ふ》る。

「もうイクか？」

「んっ、もっ、無理……っ」

込み上げてくる衝動をこれ以上、我慢《がまん》していられない。

そう涙目《なみだめ》で訴えると、黒川は僕の欲望をくわえ直し、強く吸い上げる。それと同時に、浅い場所を抜き差ししていた指が、ぐちゅりと奥に突《つ》き入れられた。

「んー……っ」

ぶるりと腰が震《ふる》えたかと思うと、生温かい体液を黒川の口腔《こうこう》に吐《は》き出してしまう。

荒《あら》い呼吸を継《つ》ぎながら絶頂の衝撃に瞑《つぶ》っていた目を開けた僕の視界に映ったものは、何かを嚥下《えんか》する黒川の姿だった。

「昼もしたから、薄いな」

「……仕方ないじゃないですか」

揶揄されて、頬《ほお》が赤らむのを感じる。

云われて思い出したけれど、店を飛び出す前にも散々抱《だ》かれたのだった。つけ加えるなら、その前の晩も、自らの手で火照《ほて》る体を慰《なぐさ》めさせられた。

それでも、まだ黒川が欲しいと思うこの体は、どこまで貪欲《どんよく》なのだろう。セックスを覚えての若造でもあるかのように、欲望はまだ尽きない。

「でも、まだ欲しいんだろ？」

「……誰《だれ》が、こんな体にしたんですか……」

からかいの言葉が悔《くや》しくて、そう反論する。それだけでは気持ちが収まらず、僕は体を起こして黒川の体を押しやった。

「奈津生？」

驚《おどろ》いた声を出す黒川の膝《ひざ》の上に乗り上げ、自分から口づける。

黒川の舌は、僕の体液の青臭《あおくさ》さとローションにつけられた甘味料の味が残っていたけれど、構わず口の中を舐め回してやった。

「んぁ……は……っ」

キスをしながら胸元《むなもと》がはだけただけの服のボタンを外し、一枚一枚剥いでいく。

剥き出しになった肉体は鍛《きた》え上げられ、筋肉が張り詰めている。いままでは自分から触れることも躊躇《ためら》われたその肌《はだ》に手の平をそっと這《は》わせた。

乾《かわ》いているかに見えた肌はしっとりと汗《あせ》ばみ、皮膚《ひふ》の下で脈打つ鼓動《こどう》を伝えてくる。黒川も同じように昂揚《こうよう》しているのかと思うと、それだけでずくりと体の奥が甘く疼《うず》いた。

「いやに積極的だな」

「こういうのは、嫌《いや》ですか…？」

心底驚いたという顔をされ、少しだけ後悔《こうかい》する。あまりにはしたなさすぎただろうか？

けれど、僕の体はもっともっとと黒川を求めている。

「嫌なわけじゃないが、少し困るな」

「すいませ――」

「こういう意味で困ると云ったんだ」

謝りかけた瞬間、腰をぐいっと引き寄せられ、足の間に硬《かた》いものを押しつけられた。

「あ…っ⁉」

服越《ご》しでさえ、その凶暴《きょうぼう》な昂《たかぶ》り具合がよくわかる。あの圧倒《あっとう》的な存在感を思い出し、期待と不安に後孔《こうこう》がひくりとわなないた。

「そんなに欲しいなら、自分で入れてみろ」

「……はい」

上擦《うわず》る声で頷《うなず》いて、黒川のウエストに手をかけた。ベルトを外し、ファスナーを下ろしたその中から猛《たけ》った肉の塊《かたまり》を取り出す。

触《ふ》れたそれはすでに熱く、ドクドクと自己主張していた。

僕は黒川の腰《こし》を跨《また》ぐように膝で立ち、後ろ手でささえた昂りを後ろの窄まりに押し当てる。

熱くて硬い感触《かんしょく》に、背筋に痺《しび》れが走っていった。

「んっ……」

ゆっくりと腰を落とすと、欲望の切っ先が体内にめり込んできた。熱いものに入り口を擦られる感覚がどうしようもなく気持ちいい。

「…っは、あ……」

内臓が押し上げられるような圧迫《あっぱく》感に耐《た》えながら体重をかけていき、何とか括《くび》れた部分までを飲み込む。

そこで一息ついていると、すうっと内腿を撫《な》で上げられた。

ぞわぞわと込み上げてきた感覚に膝の力が抜《ぬ》けて腰が落ち、一気に屹立《きつりつ》の全《すべ》てが体内に収まってしまう。

「や……っ、んん……っ」

勢いよく突き上げられたも同然の僕は、ビクビクと欲望を爆《は》ぜさせてしまい、黒川の腹部に白濁《はくだく》を撒《ま》き散らした。

めいっぱいに拡《ひろ》げられた中は、ほんの少しの刺激《しげき》だけでも怖《こわ》いくらいに感じてしまう。いま、自分の中に黒川がいるのだと思うだけで、甘い歓喜《かんき》が込み上げてくる。

「もう、か？」

「だ……だって……」

我慢のきかなかった自分の体が恥《は》ずかしく、僕は黒川の言葉に耳まで赤く染め、俯《うつむ》いた。けれど、跨がったいまの体勢では顔を隠《かく》すことはできず、ますます恥じ入ってしまう。

「いまさら、何を恥ずかしがってるんだ。こんなに締めつけてるくせに」

「やっ……！」

ぐっと下から硬いものを突き上げられ、ゾクゾクッと背筋に電流のようなものが走る。

入り込んだ塊の脈搏《みゃくはく》でさえ快感へと変わってしまうというのに、強制的に与《あた》えられる律動は云うまでもない。

「あっ…うそ、や、あ…っ、ぁあ……っ」

絶頂の余韻《よいん》も引かぬまま、腰をガクガクと揺さぶられ、僕は甘ったるい悲鳴を上げた。

快感にくわえ込んだ欲望を締《し》めつけると、今度は内壁《ないへき》を抉《えぐ》るように穿《うが》たれる。黒川は僕の腰を掴《つか》み、上下に体を揺すり始めた。

「あ、あ…っ、は…っあ、んん…っ」

激しい抽挿《ちゆうそう》に、腰のあたりからぐずぐずに蕩《とろ》けていくような感覚に陥《おちい》る。体の芯《しん》がなくなってしまったかのようで、心許《こころもと》ない気持ちにさせられた。

黒川に縋《すが》りつくことでどうにか不安定な体を支えることができたけれど、反り返った中心が黒川の鍛えられた腹部に擦《こす》れ、強すぎる快感は更《さら》に酷《ひど》くなる。

「ふぁ…っ、やっ、怖い……っ」

「怖い？　何が怖いんだ？」

「気持ち、よすぎて……おかしくなる……っ」

切れ切れの吐息《といき》でそう告げると、黒川はニヤリと不敵に笑う。

「だったら、もっとおかしくしてやるよ」

解《ほど》けかけていた髪《かみ》のゴムをするりと抜かれ、ばらけた髪が顔の横へと落ちてきた。

頬をなでる髪の感触に気を取られていた一瞬《いつしゆん》で再びベッドに押し倒《たお》され、足を深く折り曲げられたかと思うと、腰の奥を抉るようにして深く楔《くさび》を突き入れられた。

「あぁあ…っ、あー…っ」

絡《から》みついた粘膜《ねんまく》から昂りを引き抜かれ、勢いよく戻《もど》される。その繰《く》り返しで生まれる摩擦《まさつ》に、体中の血液が沸騰《ふっとう》した。

黒川は、感じる場所を抉りながら最奥《さいおう》を突いてくる。激しい突き上げに、体がシーツの上をずり上がっていってしまい、僕は思わず黒川の背中に爪《つめ》を立てた。

「んぁ…っ、あ、あ、っあ!」

感じすぎてしまう体を持て余し、首を左右に振《ふ》ると、いつの間にか浮《う》かんでいた涙《なみだ》が眦《まなじり》から零《こぼ》れ落ちた。

黒川は零れた涙を唇《くちびる》で掬《すく》い、嬌声《きょうせい》の迸《ほとばし》る唇に口づけてくる。

「んん……ん、ふっ……」

捩《ね》じ込まれた舌に無心に吸いつくと、涙の塩辛《しおから》さが口の中に広がった。

乱暴すぎる律動が苦しい。なのに、鋭敏《えいびん》になった僕の体は嘘《うそ》みたいに快感に溺《おぼ》れるばかりだ。

感じすぎて焼き切れそうな神経は、僕にはもう制御《せいぎょ》することができない。

「あっ……ン、はっ、黒川さん…っ」

のしかかる男の首にしがみつき、振り落とされそうな体を擦り寄せる。自らも腰を揺《ゆ》らし、繋《つな》がり合った場所を収縮させ、尚《なお》も愛《いと》しい人の全てを感じようとした。

「…っや、また……あ、ああっ」

二度も達したばかりだというのに、また官能が高まってきている。

ヒクヒクと震える粘膜に意識を向けると、体の中を掻《か》き回す熱の塊も凶暴さを増し、恐《おそ》ろしいほどに猛っているのがわかった。

「もう、イクか？」

「んっ……一人じゃ、や……っ」

常ならば恥ずかしくて口にできないような睦言《むつごと》を、熱に浮かされ云《い》ってしまう。

舌足らずに告げた願いを黒川は笑い飛ばすことなく、啄《ついば》むようなキスで応《こた》えてきた。

「俺も限界だ」

掠《かす》れた声を鼓膜《こまく》に落とされ、低いそれは尾《び》てい骨にまで響《ひび》いていく。ぶるりと大きく震《ふる》えた腰を抱《かか》え直され、高い位置から深い場所を抉られた。

「ひぁ…っ」

それまで以上の激しさで腰を打ちつけられ、荒々《あらあら》しい振動《しんどう》が僕を高みへと追い上げる。

一際《ひときわ》深く突《つ》き入れられた瞬間、沸騰しきった頭の中が白く霞《かす》み、どくんっと欲望を爆ぜさせた。

「はっ、あ、あ、あぁあ…っ！」

「……っ」

絶頂を迎《むか》えたのとほぼ同時に、体の奥がじわりと濡《ぬ》れた感触がした。黒川のそれは、大きく弾《はじ》けたあとも力強く脈打ちながら欲望を注ぎ込んでくる。

ひくひくと痙攣《けいれん》する粘膜からずるりと楔が引き抜かれ、喪失感《そうしつ》に喉《のど》の奥が小さく鳴った。

大きく息を吐《は》きながらドサリとのしかかってきた男を受け止め、その汗《あせ》ばんだ背中に腕《うで》を回した。終わりを迎えてしまったけれど、まだこの温《ぬく》もりを手放したくない。

「……黒川さん」

「ん？」

「まだ、こうしてていいですか…？」

喘《あえ》ぎすぎて掠れた声で訊《たず》ねると、ふっと耳元で笑う気配がした。

「それは俺の台詞《せりふ》だ」

僕の願いなど、口にすれば他愛《たわい》もないことばかりなのかもしれない。

何度も体を重ねたというのに、こうして行為《こうい》の余韻に浸《ひた》るのは初めてだった。

出逢《であ》ってもう半年以上経《た》つというのに、普通《ふつう》の恋人《こいびと》同士なら当然のことでも僕と黒川との間では経験していないことが多すぎる。

でもそれは、逆にこれからの楽しみも多いということだ。いままで足りていなかったことは、これから補っていけばいい。

まずはずっと伝えそびれていた言葉を唇に乗せる。

「……あなたが好きです」

いつか、本当に対等の存在になったときには、そのときこそ『愛してる』と告げよう。

「俺も、だ」

不器用な男の返答はストレートなものではなかったけれど、僕には充分《じゅうぶん》すぎるほど胸に染《し》みる。

背中に回した腕に力を込めると、強く強く抱《だ》きしめ返された。

4

「こんばんはー」

「いらっしゃいませ。冬弥さん、今日は早いんですね」

開店して間もなく現れた常連客に、僕は笑顔《えがお》を向けた。

冬弥にしては、珍《めずら》しく一人での来店だ。

「うん、今日は久々にお店開いてるって聞いたから」

「すいません、気紛《きまぐ》れな店で」

まるで、営業していることが奇跡《きせき》のような云い方をされ、僕は恐縮《きょうしゅく》するしかなかった。

先日のごたごたのせいで、三日ほど店を休業にしてしまったのだが、その間に足を運んでくれた人はいったいどれほどいるのだろう？

「いいって。奈津生さんにも都合があるんだろうし。大方、あのオーナーと何かあったんでしょ？」

どうして冬弥には何もかも見抜《みぬ》かれてしまうのだろう？

けれど、図星を指されたからと云ってそれを認めなくてはいけないわけではない。僕は頰《ほお》が熱くなった顔を引きしめ、質問に対する常套句《じょうとうく》を告げた。

「——企業秘密《きぎょう》です」

「あはは、そんな顔で秘密って云われると苛《いじ》めたくなっちゃうよ？」

「……休業してたお詫《わ》びに一杯《いっぱい》ご馳走《ちそう》しようかと思ってたんですが、やめますよ」

怒《おこ》った顔を作り、そう云うと冬弥は慌《あわ》てて謝ってきた。

「あっ、ウソウソ！　冗談《じょうだん》だって」

からかってごめんねと可愛《かわい》く微笑《ほほえ》まれては、許さざるをえない。

元々、僕も本気で怒っていたわけではないので、笑顔を返してシェイカーを振る。細身のグラスにカクテルを注ぎ入れ、冬弥の前に出すとその美貌《びぼう》がふわりと綻《ほころ》んだ。

そうして冬弥と談笑《だんしょう》していると、カランカラン、と店のドアにつけたベルが音を立てた。顔を上げて視線を向けると、そこには苦虫を嚙《か》み潰《つぶ》したような顔で黒川が立っていた。

仕事が終わったら来ると云っていたが、こんなに早いとは思わなかった。この不機嫌《ふきげん》な顔は、朝の僕とのやり取りのせいだろう。

「どうなさったんですか？　オーナー」

わざとらしい呼び方をしてやると、黒川の眉《まゆ》がぴくりと動いた。僕に云いたいことが色々とあったようだが、それら全《すべ》てを飲み込み、理不尽《りふじん》そうに短く告げてくる。

「……上で待ってる」

「はい」

笑顔で返すと、黒川は不機嫌な顔をしたまま奥へと消えていった。

「……いいの？」

黒川が現れたのに、店を続けていることが不思議だったようで、冬弥に小声で訊ねられる。

「ええ。たまには待っていてもらいましょう」

「あとで怒られたりしない？」

「大丈夫《だいじょうぶ》ですよ」

そのためにこの数日、ずっと話し合いをしていたのだから。

何に対してもダメだという過保護な黒川を宥《なだ》めすかし、何かあったときはすぐに連絡《れんらく》を入れるという約束で、店のことには口を出さないでいてもらうという確約を取りつけたのだ。

「……何か、奈津生さん雰囲気《ふんいき》変わったね」

「そうですか？」

「明るくなった気がする。前の憂《うれ》いのある雰囲気もよかったけど、いまのほうが好きかな。いい顔してるもん」

「またからかってるんですか？」

冬弥の口説き文句のような言葉に、不本意ながら狼狽《うろた》えてしまう。動揺《どうよう》を押し隠《かく》しながら、云い返すと真面目《まじめ》な顔で答えられた。

「からかってなんかないよ。本気でそう思うんだって。……やっぱ、オーナーに愛されてるから？」

「冬弥さん!!」

「真っ赤だよ？　ほんっと、奈津生さん可愛いなぁ」

「もう…勝手に云《い》ってて下さい」

他《ほか》の客の言葉ならてきとうに流せるのだが、冬弥が相手となると、どうも素《す》の自分に戻《もど》ってしまうらしい。

まだ冬弥しか来ていないのは、幸いだった。必死に顔を取り繕《つくろ》っていると、また来店を知らせるベルが鳴る。

「いらっしゃいませ」

僕は新しい客に笑顔を向けた。

「お待たせしました」

「……遅《おそ》い」

「仕方ないじゃないですか、閉店時間は決まってるんですから」

店を閉じてから二階に上がると、室内がだいぶ煙草臭《たばこくさ》くなっていた。ベッドに座り、窓を開けて吸っていたようだが、灰皿の上に積まれた吸い殻《がら》を見れば籠《こも》った匂《にお》いも納得《なっとく》できる。

一箱ぶん以上あるのではないだろうか。

「吸いすぎは体に悪いですよ」

僕は新たに火がつけられそうになった煙草を取り上げ、ケースの中に戻す。そして、取り返されそうになった煙草を、ケースごとベッドから手の届かないところに置いてしまった。

「別に長生きするつもりはない」

「それじゃあ、僕は一人残されるわけですか？」

「…………」

「それに、煙草の味のするキスはあんまり好きじゃありません」

「……ったく、わかったよ！　減らせばいいんだろう！」

「わかって下さればいいんです」

にっこりと微笑み、黒川の隣《となり》に腰《こし》を下ろすとまじまじと見つめられた。

「……お前、性格変わってないか？」

「元から、こんな性格ですよ？」

ただ、黒川の前では臆病《おくびょう》になり、云いたいことが云えなくなっていただけで。恋《こい》をすると人は変わるとよく云うけれど、きっと、それが悪い方向へと作用していたのだろう。

「そういえば、さっきもそんなこと云われました」

「誰《だれ》に」

　ムッとした顔を向けられ、苦笑する。いい加減、客に嫉妬《しっと》するのはやめて欲しい。

　僕が好きなのは、たった一人だと告げたのだから。

「冬弥さんっていう、いつも来てる綺麗《きれい》な方に。オーナーのせいか？　って云われましたよ」

「ああ、あの客か。それで？」

「その先は内緒《ないしょ》です」

「俺には云えないようなことを云ったのか？」

　キツく睨《にら》まれ、威圧《いあつ》される。以前は怖《こわ》いと思ったこの瞳《ひとみ》も、拗《す》ねているのだと思えば可愛らしく感じられるのだから不思議だ。

「さあ、どうでしょう？」

「……いい加減、人をからかうのはよせ」

　不貞腐《ふてくさ》れたような顔で云われ、僕はつい笑ってしまった。

　さっき、冬弥にからかうなと云った僕だったけれど、黒川の反応を見ていたら、冬弥の気持ちが少しだけわかった。

　こんなふうに色んな表情が見られるのは、ちょっと楽しいかもしれない。

「大したことは云ってませんよ。てきとうに誤魔化《ごまか》しただけです」

「本音はどうなんだ？」

「そんなこと、あなたが一番よく知ってるでしょう？……前の僕のほうがよかったですか？」

少しだけ不安になって問いかけると、黒川の口の端《はし》が微《かす》かに上がった。

「いや？　いまのほうがずっといい」

黒川はそう云いながら、僕の腰を引き寄せてくる。まだ着替《きが》えてもいないが、ずいぶんと待たせてしまったことを悪く思い、素直に体を寄せた。

顔が近づいてくるのを確認《かくにん》し、先に目を閉じておく。触《ふ》れた唇《くちびる》は少しかさつき、忍《しの》び込んできた舌は煙草の味がした。

「――苦い」

予想していた以上の苦さに、僕は思わず目を開ける。

「放《ほう》っておいたお前が悪いんだろう？」

キスの苦さに苦情を云うと、開き直った返事が返ってくる。

恋人だからこその理不尽な文句の甘さに酔《よ》いながら、僕は黒川の首に腕《うで》を回して引き寄せた。

「……責任取って相手してあげます」

囁《ささや》いた言葉は、吐息《といき》ごと口づけに奪《うば》われる。

本当は苦いキスも嫌《きら》いではないと、いつ告げようかと思案しながら、そっと目蓋《まぶた》を下ろしていった。

あとがき

はじめまして、こんにちは。藤崎都です。

今回のトラップシリーズは、『挑発トラップ』『快感トラップ』で脇役《わきやく》として出ていた奈津生が主人公となっております。

個人的趣味《しゅみ》で長髪《ちょうはつ》にしてみたり、こっそり裏設定などを考えて一人で楽しんだりしていた脇キャラだったのですが「奈津生のお話を読んでみたい」とリクエストして下さった皆様《みなさま》のお陰《かげ》で、こうして一冊の本にしていただけました。

私としては書いていてとても楽しかったお話でしたので、皆様にも楽しんでいただけるようでしたら嬉《うれ》しく思います。

また、今回もイラストは蓮川愛先生にお引き受けいただきました。毎回、拙作《せっさく》を美麗《びれい》なイラストで飾《かざ》って下さって、本当にありがとうございます！　カラーももちろんですが、本文のどのイラストも色っぽくて、ドキドキしてしまいます♥

蓮川先生には、お礼の言葉だけでは足りません！　本当にありがとうございました!!

そして、いつもながらにお世話になった担当様にもお礼（とお詫《わ》び？）を申し上げます。もっと精進《しょうじん》しますね……。


最後になりましたが、ここまでおつき合い下さいました皆様、ありがとうございました。

身辺がごたごたしていて中々お手紙のお返事が書けておりませんが、今年中に何とかできればなぁと思っております。お返事用のポストカードを、季節に合わせて買ったりしてるのですが、溜《た》まる一方です……すみません……。

ええと、今年の冬頃《ごろ》にはまたトラップシリーズを書かせていただける予定ですので、よろしければそちらもお手に取ってみて下さいね。

それでは、またいつか貴方《あなた》にお会いすることができますように♥

二〇〇五年六月　　　　藤崎　都

KADOKAWA RUBY BUNKO

束縛《そくばく》トラップ

藤崎《ふじさき》 都《みやこ》

角川ルビー文庫 R78-15　13890

平成17年8月1日　初版発行

発行者――井上伸一郎
発行所――株式会社角川書店
東京都千代田区富士見2-13-3
電話/編集(03)3238-8697
営業(03)3238-8521
〒102-8177　振替00130-9-195208
印刷所――暁印刷　製本所――コオトブックライン
装幀者――鈴木洋介

ISBN4-04-445518-X　C0193　定価はカバーに明記してあります。